다음, 작가의 발견
7인의 작가전

영등포

이재익 지음

답

차례

영등포	5
브라더 : 어느 살인자의 비밀	209
작가의 말	253

영등포

프롤로그

직업이요? 저는 영등포 골목에서 일해요. 네. 성매매 업소요.

장마같이 무거운 봄비가 내리는 밤이었어요. 저는 우산을 들고 종종걸음으로 골목을 가로질렀어요. 우산 위로 떨어지는 빗소리가 요란했죠.

시간은 음, 새벽 네 시쯤? 영등포 골목에서도 슬슬 인적이 드물어져가는 시간이죠. 게다가 오늘처럼 비가 내리면 이 시간쯤엔 손님이 없다고 봐도 되거든요.

그럼에도 불구하고 저는 한두 시간 더 쇼윈도에 앉아 있을 생각이었어요. 10년 가까이 반복해 온 습관이랄까요? 직업 정신이라고 생각해도 되겠네요.

왜 밖으로 나갔냐고요? 하필 담배가 딱 떨어져 버렸는데 영철 삼촌이 보이질 않았어요. 그래서 걷기도 불편한 초미니 원피스 차림으로 직접 담배를 사러 편의점에 갔던 거죠.

어차피 손님도 더 이상 오지 않을 테니 당장 담배를 사 둘

필요는 없긴 했어요. 제가 담배를 피우는 것도 아니고. 그럼에도 불구하고 항상 가게에 담배를 준비해 놓는 것 역시 10년 가까이 반복해 온 습관이자 직업정신이라고 생각하시면 되겠네요.

제가 이 골목으로 흘러들어오기 전부터 있었던, 간판도 없는 구멍가게 자리에 편의점이 생긴 게 작년이네요. 가게에 항상 담배를 준비해두는 버릇도 그때부터 생긴 최근의 습관이에요. 편의점 가격에 천 원을 더 붙여 담배를 파는데 그만큼은 업소에서 허용해주는 온전한 제 수입이거든요.

"무슨 봄비가 이렇게 많이 와. 참 나."

저는 혼잣말을 중얼거리며 모퉁이를 돌았어요. 그 순간, 짝퉁 아디다스 슬리퍼가 뭔가에 툭 부딪쳤죠.

걸음을 멈췄어요. 수백 번도 더 지나다닌 골목 모퉁이. 이 지점에서 발에 뭔가가 걸린 적은 한 번도 없거든요. 쥐나 고양이, 비둘기 따위도 여기선 죽지 않아요.

아래를 내려다본 제 입에서 번개처럼 날카로운 비명이 터져 나왔죠.

영철 삼촌이 쓰러져 있었어요. 흐릿한 가로등 불빛 아래 삼촌의 피가 빗물에 섞여 흐르고. 배에서 쏟아져 나온 창자 더미가 똬리를 튼 뱀 마냥 섬뜩했어요.

제가 아는 건 그게 전부예요 형사님.

구영도 형사는 미선의 눈을 가만히 마주 보았다. 목격자에게 그가 자주 하는 행동이었다. 진술이 사실이냐고 다그쳐 묻는 것 보다 제대로 한 번 시선으로 눌러주는 것이 진실을 이끌어내는데 훨씬 효과적일 때가 많았다.

"제가 아는 건 그게 전부에요."

미선은 이 말을 몇 번이고 되풀이했다.
　구형사는 그녀가 몸 파는 여자치고는 얼굴이 너무 깨끗하다는 생각을 하고는, 그런 생각을 하는 자신에게 놀라 마음을 다잡았다. 어젯밤 영등포 타임스퀘어 뒷골목 사창가에서 살인사건이 발생했다. 피살자는 도영철. 45세. 흔히 삼촌이라고 불리는 업주였다. 정확히 말하면 업주의 남동생이자 동업자. 흔히들 기둥서방이라고 부르기도 하는 존재.
　국과수에서 부검을 해야 정확한 사망 원인이 나오겠지만 누가 봐도 사인은 자상으로 인한 과다출혈이었다. 목에 한 번, 배에 두 번. 정확히 세 군데의 확실한 자상이 눈으로 보기에도 확연했다. 그중에서 배를 열어버린 상처는 길이만 해도 20센티에 달해서 현장에 창자가 흘러나와 있을 정도였다.

"우리 삼촌이 이런 일 당할 사람이 아닌데."

경찰서로 온 지 한 시간이 넘었는데도 미선은 아직도 자꾸 울음을 터뜨렸다. 몸 파는 일을 하는 여자치고는 마음이 너무 여리다고 생각을 하고는, 그런 생각을 하는 자신에게 또 놀라는 구형사였다. 그는 미선에게 휴지를 건네주며 물었다.

"주변에 다른 사람은 못 보셨다는 거죠?"

"못 봤어요. 비도 엄청 오고. 주변이 그냥 시커맸거든요. 삼촌 그렇게 된 거 보고는 무서워서 고개도 못 돌렸어요."

"아까 삼촌 마지막으로 본 게 두 시간쯤 전이었다고 했는데, 그때 삼촌이 어디 간다고 얘기는 안 했나요?"

"저는 모르겠어요. 손님이랑 올라갔다 내려와 보니 없더라고요. 기다렸는데 계속 안 오길래 제가 담배를 사러 나갔다가……"

미선은 그렇게 말하며 구형사의 눈을 피했다. 뭔가 실수라도 저지른 듯한 표정으로.

부끄러운 건가? 아님 거짓말? 구형사는 얼마 안 있어 그녀가 당황한 이유를 알아차렸다. 지금 그녀는 형사 앞에서 손님을 받았다는 자백을 했다. 성매매 특별법을 어겼음을 자수한 꼴이다. 뭐, 살인사건이 벌어진 지금 중요한 문제는 아니다. 성매매 단속이 강력계 형사 업무도 아니고.

구형사는 미선의 진술서를 쓱 읽어본 다음 고개를 끄덕였다.

"이제 가보셔도 좋습니다."

"제가 다시 올 일은 없는 거지요?"

미선은 두려운 눈으로 물었다.

"수사를 진행해봐야 알겠지요. 현재로선 윤미선씨가 최초 목격자이자 피해자분의……"

구형사는 '동료'라는 표현과 '식구'라는 표현 사이에서 잠시 고민하다가, "몇 안 되는 지인이라서 추가 진술이 필요할지도 몰라요."라고 마무리했다.

"네······"

미선은 불안한 표정을 감추지 못하고 자리에서 일어섰다.

"아, 여기 지장 찍으시고요."

지장을 찍는 미선의 손가락이 무척이나 희고 가늘었다.
구형사는 아내의 손을 떠올렸다. 마디에 굴곡이 없는 미선의 손가락이 아내의 손과 무척이나 닮았다는 생각을 했다. 그가 무척 좋아하던 손이었는데.

"안녕히 계세요."

미선은 꾸벅 인사를 하고 경찰서를 빠져나갔다. 급하게 경찰서로 오느라 그녀는 홈드레스에 운동화를 신은 차림이었다. 몸에 붙는 롱 원피스가 굴곡을 고스란히 드러내는 뒷모습을 보면서 구형사는 몇 시간 전에 그녀의 몸을 샀던 손님은 어떤 남자였을까 문득 궁금해졌다.
그러고 보니 아내를 마지막으로 안은 지 3년이나 되었다. 그런 식의 생각은 아주 오래전의 기억으로 이어졌다. 영등포는 아니었지만 구형사도 딱 한 번 홍등가에서 여자를 산 적이 있었다. 어린 시절, 그의 돈이 아니라 친구들이 돈을 모아 그에게 여자를 사 준 것이긴 했지만.

금방 미선이 나간 문으로 동료 형사들이 출근했다. 멍하니 옛 생각에 잠겨 있던 구형사는 사건을 인계해주고 일어섰다. 밤새 당직을 섰으니 이제 퇴근할 시간이었다.

—

"엄마 왜 자꾸 울어? 엄마 아파?"

아들 지찬이가 미선의 품 안에서 꼼지락거렸다.

"아냐. 엄마 안 아파. 엄마 친구한테 안 좋은 일이 생겨서 그래. 슬퍼서."
"엄마 친구? 회사 친구?"
"응. 지찬이 어서 자자."

두툼한 요와 이불 사이에서 미선은 지찬이를 꼭 안고 누워있었다.

매주 일요일이면 그녀는 친정엄마의 집에서 하루를 보냈다. 이제 열 살이 된 지찬이는 미선이가 영등포 골목으로 흘러들어가기 전에 낳은 아들이었다. 누군가는 어떻게 아들을 두고 몸을 팔 수 있냐고 욕할지도 모르지만 어쩌면 지찬이를 지키기 위한 일이었다. 그러나 그녀는 그렇게 변명하고 싶지 않았다. 용서받고 싶지도 않았다. 첫 손님에게 몸을 판 그날 밤 이후 그녀는 한 번도 자신을 용서한 적이 없었다.

"엄마 내일 가?"
"응. 일하러 가야지."

일요일 밤이 되면 지찬이가 늘 묻는 질문이다. 벌써 몇 년째 한 번도 빠짐없이 반복하는 질문.

어른스러운 아이다. 칭얼대지도 붙잡지도 않는다. 그저 일주일에 딱 하루 허락된 어미와의 상봉을 고마워하고 이별을 받아들일 뿐이다. 지찬이는 엄마가 회사에서 일하는 줄만 알고 있다. 언제까지 아들을 속일 수 있을지 모르겠다는 생각이 들 때마다, 훗날 지찬이가 엄마의 과거를 알게 될지도 모른다는 생각이 들 때마다 미선은 정신이 아득해졌다. 원래는 지찬이가 학교에 들어가면 일을 그만두려고 했다. 그러나 학교에 들어가자 돈 들어갈 일이 더 많아졌고 지찬이 할머니의 건강은 더 안 좋아져서 공공 근로조차 나갈 수가 없게 되었다.

"엄마 회사 친구는 왜 죽었어?"

지찬이가 갑자기 물었다.

"잠이 안 와?"
"응."
"그럼 자장가 불러줄까?"
"아니. 궁금해서 그런데."

미선이는 영철 삼촌을 떠올렸다. 대체 왜 죽었을까? 사람 좋은 삼촌인데. 주변에 원한 진 사람도 없는데. 강도를 당한 걸까?

"엄마도 잘 모르겠어. 어서 자자 지찬아."

미선은 아들의 뒷머리를 천천히 쓰다듬어 주었다. 머리 쓰다듬기는 언제나 잘 통하는 수면제. 어느새 아이는 스르륵 잠에 빠져들었다. 아들이 완전히 잠든 것을 확인하고서야 미선은 몸을 일으켜 이불에서 나왔다.

"지찬이 잠들었냐?"

몇 년 전에 남대문에서 구해 온 군대 침낭 속에 누워서 라디오를 듣고 있던 엄마가 몸을 일으켰다. 하나밖에 없는 방은 둘이 누우면 꽉 차버려서 미선이가 오는 날이면 엄마는 부엌 바닥에서 웅크리고 잠을 청해야 했다.

"응."

미선이는 짧게 대답하고 엄마 옆에 무릎을 세우고 앉았다.

"너도 어여 자지 뭐 하러 나왔어?"
"그냥."

미선이는 영철 삼촌이 죽은 이야기를 누군가에게 털어놓고 싶었지만 엄마에게는 말할 수 없다는 걸 깨달았다. 그녀는 미선이 윤락녀라는 사실을 모른다. 그저 술집에서 일한다고 알고 있다. 다만, 미선이 하는 일이 안전하지도 않고 떳떳하지도 않다는 사실 정도는 어렴풋이 짐작하는 눈치다.

미선과 엄마는 서로 미안해하는 사이다. 엄마는 늙어서 짐이 되어 미안하고, 미선은 자기 한 몸 가누기도 힘들 만큼 아픈 엄마에게 아이를 맡겨서 미안하다. 둘은 말없이 누워있고 앉아있었다. 나지막한 라디오에서는 디제이가 뭐라고 말을 했지만 제대로 들리지 않았다. 뒤이어 흘러나오는 옛날 가요의 멜로디는 희미하나마 들렸다. 제목은 몰라도 멜로디는 아는 노래였다.

이 노래, 어디서 들어봤더라?

미선은 어떤 특정한 사건과 그 노래가 맞물려 있음을 알았지만 그 사건을 기억해내지 못 했다. 다시 지찬이 옆으로 돌아가서, 아이를 꼭 안고 누운 뒤에야 미선은 노래와 얽힌 사건을 떠올렸다. 사건이 아니라 영화였다. 노래처럼, 제목이 잘 기억나지 않는 옛날 영화. 그 영화 제목이 뭐더라? 송강호와 김상중이 나왔었는데. 시골에서 벌어지는 연쇄살인사건 범인을 잡는 형사들 이야기. 맞다. 살인의 추억. 방금 들은 노래는 살인범이 살인을 저지르기 전에 항상 라디오 프로그램에 신청하는 노래였다.

그 사실을 깨닫고 나자 미선의 몸에 까칠한 소름이 돋았다. 그녀는 본능적으로 아들을 꼭 안았다. 문득 근거 없는 서늘한 예감이 그녀의 머리를 파고들었다. 영철 삼촌의 죽음이 또 다른 죽음으로 이어질지도 모르겠다는.

그녀는 애써 공포를 털어냈다.

걱정 마. 나하고는 상관없는 일일 테니. 난 정말 누군가에게 죽임을 당할 만큼 원한 질 일을 한 적이 없잖아. 지금까지도 충분히 불행했던 나에게 또 그런 일이 생길 리도 없고. 미선은 지찬이를 안은 팔에 더 힘을 주었다. 그녀가 자부심을 갖고 있는, 두상이 동그랗고 예쁜 아들의 머리에 코를 파묻고 살 내음을 맡았다. 살아있음을 확인이라도 하듯.

구형사는 침대에 누운 채로 발가락을 꼼지락거렸다. 열린 커튼 사이로 비집고 들어온 햇살이 발등에 내려앉아 있었다. 팬티 안이 불룩했다. 머리에는 여자 생각이 없는 줄 알았지만, 몸 안 보이지 않는 곳에 욕구가 팽팽하게 당겨져 있는 모양이었다. 그는 아침 발기가 가라앉을 때까지 천장을 보며 가만히 누워있었다.

월요일 아침이었다. 다행이다. 사람들은 월요병이 괴롭다고들 하지만 구형사에겐 금요병이 있었다. 아내가 떠난 지 벌써 3년이 넘었지만 그는 아직 혼자 주말을 보내는 일이 익숙하지 않았다. 불타는 금요일이 되면 그의 마음은 심연처럼 깊고 차갑게 식었다. 토요일 밤에 외로움의 극치를 경험하고 일요일에는 조금 나아지다가 월요일 아침이 되면 비로소 다시 살아났다.

그는 퀸 사이즈 침대에서 일어나 간단하게 이불을 정리했다. 그리고 침실 커튼에 매달린 노란색 스마일 배지를 물끄러미 응시했다. 매일 일어나자마자 되풀이하는 습관이었다. 그는 거실로 나가 벽에 매달린 TV를 켰다. 가구가 별로 없는 거실은 별로 넓지 않음에도 휑한 느낌이 들었다. 소파 위에 걸려있던 결혼사진을 뗀 뒤에 더 그런 느낌이 들기도 했다. 언뜻 보면 사람 사는 집이 아니라 모델 하우스 같기도 했다.

아내와 신혼집으로 마련했던 20평대 전세 아파트. 부모님은 이 집에서 나가라고 하고 친구들도 어떻게 이 집에서 계속 사냐고 그를 말렸다. 구형사는 반대로 아예 집을 사버렸다. 대출금을 갚으라 형사 월급의 절반 이상이 은행으로 흘러들어갔지만, 어차피 돈 쓸 일도 별로 없었다. TV를 보면서 간단히 몸을 풀었다. 팔굽혀펴기와 윗몸 일으키기를 이어서 한 뒤에 집 근처 산책

로를 30분 뛰고 들어왔다. 샤워를 하고 떡 한 쪽과 두유를 챙겨서 출근.

해결할 사건이 있어서 다행이었다.

―

미선에 이어 두 번째로 구형사가 만나고 싶었던 사람은 도영철의 아내였다.

도영철에게는 아내와 딸이 있었다. 사건 발생 직후 시신을 확인하러 온 그의 아내를 만났을 때 구형사는 몹시 놀랐다. 너무나도 평범한 가정 같아서. 아내는 깔끔한 인상의 40대 주부였고 딸 역시 여드름이 듬성듬성 난 얼굴에 안경을 쓴 여고생이었다. 도영철의 법적 거주지는 강남구 삼성동의 아파트였다. 게다가 적어도 서류상으로는 아내와 함께 안경점을 경영하고 있었다. 구형사는 사창가의 포주가 평범한 가정을 꾸리고 살 줄은 상상도 못 했다. 그것도 이렇게 유복하게. 도영철의 아내에게 물어보고 싶은 게 많았지만 때가 좋지 않았다. 부검이 끝나고 시신이 가족들에게 인도된 지 겨우 이틀이었다.

구형사는 도영철의 장례식장에 들렀다. 흉상이어서 그런지 영안실에는 문상객이 많지 않았다. 구형사는 조문을 하는 대신 조문객을 맞는 도영철의 아내를 멀리서 관찰했다. 까만 상복을 입은 그녀의 얼굴은 몹시 지쳐 보였다. 일반적인 3일장이라면 내일이 발인일 테다. 구형사는 그녀를 만나보는 일을 장례가 완전히 끝난 후로 미뤘다. 장례식장에서 나온 구형사는 영등포 골목으로 향했다. 도영철이 일하던 업소의 업주를 만나기 위해서였다.

도영희. 그녀는 50대 초반이지만 나이보다 훨씬 젊어 보였다. 이목구비가 뚜렷한 얼굴은 젊었을 때의 미모를 짐작게 했다. 세월의 원숙함까지 더해진 그녀의 얼굴은 묘한 성적 긴장감을 불러일으키는 인상이었다. 흔히들 색기가 있어 보인다고 하는.

미선은 업주 도영희가 도영철의 친누나라고 했지만 조사 결과 그 말은 사실이 아니었다. 호적상 둘은 전혀 연관이 없었다.

"윤미선씨는 두 분이 친남매라고 하던데 등본을 보니까 그렇지 않네요?"
"영철이하고 장난으로 그렇게 얘기하곤 했는데, 사람들이 진짜인 줄 알았나 보네요. 영철이하고 저는 워낙 오래되었으니까. 서로 누나 동생 하면서 지냈고 성도 희귀한데 이름까지 돌림처럼 비슷하다 보니 다들 의심 없이 친남매라고 생각했죠."
"도영철씨하고 안 지는 얼마나 되었습니까?"
"오래되었죠. 한 30년?"

도영희는 침착하게 진술했다. 수십 년 동안 친남매처럼 지낸 남동생이 잔혹하게 살해되었는데, 동생을 잃은 누나 같지 않았다. 구형사는 이상한 낌새를 놓치지 않고 수첩에 메모하면서 계속 질문했다.

"이쪽 일을 같이 한 건 언제부터인가요?"
"하도 오래돼서 정확히는 기억이 안 나는데."
"대충이라도요. 도영철씨하고는 어떻게 만난 사이입니까?"

그 질문에 도영희의 얼굴이 굳었다. 구형사는 그 모습을 놓치지 않았다. 도영희는 금방 표정을 수습했다.

"특별한 계기는 없었어요. 영철이는 어릴 때부터 청량리에서 심부름을 하던 애였고 저는 아가씨였거든요."

그 말을 하면서 도영희는 희미하게 웃었다. 애매한 표정이었는데 미소에 가까웠다. 구형사는 어딘가 섬뜩한 기운을 느끼면서 또 물었다.

"그러면 아가씨로 계시다가 업주가 되신 거네요?"
"네. 그런 경우도 꽤 있어요. 영철이도 자기 가게가 있었는데 제 가게 일도 같이 봐줬고요."
"윤미선씨는 영철씨를 삼촌이라고 부르던데, 삼촌은 무슨 일을 하는 겁니까?"
"영등포에서는 모든 사람을 딱 네 개의 이름으로 불러요. 일을 하면 아가씨. 일을 도와주는 여자는 이모. 일을 도와주는 남자는 삼촌."
"아니 그러니까, 일을 도와준다는 게 무슨 일이냐는 거죠."
"사람 장사다 보니까 남자 힘이 필요할 때가 많아요. 진상 고객들이 난동을 피우기도 하고, 술 취한 손님들이 돈을 안 내기도 하고, 가끔은 아가씨들 중에서도 정신 나간 애들이 뻘짓을 하기도 하는데 그럴 때 삼촌들이 정리를 해주죠. 보통 때는 이런저런 심부름을 도맡아 하고요. 가끔 다방에 티켓으로 아가씨들을 빼서 배달도 나가기도 하는데 그럴 때는 오토바이나 다마스 운

전도 하고.″

구형사는 고개를 끄덕였다. 영등포 골목의 생리가 어느 정도 감이 잡히는 것도 같았다.

"그러다 보면 원한 질 일도 생기겠네요? 손님이나 아가
씨 들하고 트러블이 생기다 보면……"
"그럴 리가."

도영희는 한 마디로 잘라 말했다. 그녀의 반응이 너무 단호해서 구형사가 움찔할 정도였다.

"삼촌들이 그렇게 심하게 안 해요. 일을 벌이는 게 목적
이 아니라 일을 벌이지 않는 게 삼촌들의 목적이니까.
시비가 붙어도 상대를 해코지하는 게 아니라 수습만
해요. 특히 영철이 같이 일 잘하는 삼촌들은 절대 남한
테 원한 살 일은 안 하니까."
"그렇다면 도영철 씨 주변 사람들 중에 이런 짓을 할 만
한 사람이 누가 있을까요?"
"이봐요 형사님."

도영희는 구형사 쪽으로 몸을 기울였다. 책상이 사이에 있는데도 마치 그녀의 얼굴이 금방이라도 코앞에 와 닿을 것 같아 구형사는 자기도 모르게 몸을 조금 뒤로 기울였다.

"밖에서 보기에 영등포 뒷골목 우리 식구들이 험하게

보일 수는 있지만 우리 동네만큼 또 서로 아껴주고 챙겨주는 동네가 없어요. 저는 대체 누가 이런 짓을 했는지 모르겠으니까 형사님이 얼른 잡아주세요."

"그러면 영등포 골목에 아가씨, 이모, 삼촌들 해서, 대략 몇 명이나 될까요?"

"옛날에 좋을 때는 북적북적했죠. 지금은 쪼그라들 데로 쪼그라들어서 다 털어봐야 백 명이나 될라나? 다 서로 얼굴 알고 서로들 아짜하게 생각하면서 사는 사람들이에요. 절대 우리 골목 사람이 한 짓은 아닙니다. 내가 장담하지요."

"나머지 이름 하나는 뭡니까?"

"네?"

"아까 영등포 뒷골목에서는 모든 사람을 네 개의 이름으로 부른다고 하셨잖아요. 아가씨, 삼촌, 이모. 그러면 나머지 이름 하나는요?"

도영희는 구형사를 보면서 빙긋이 웃었다. 그리고는,

"오빠."

"오빠요?"

"형사님처럼 이 골목 사람이 아닌 외지 사람은 다 오빠라고 부르지요. 어차피 여자들은 우리 골목에 올 일이 없고. 그 골목에 발을 들여놓는 순간 나이에 상관없이 전부 오빠예요."

"아……"

구형사는 고개를 끄덕였다. 도영희는 늪같이 까만 눈을 깜박이며 속삭였다.

"우리 형사 오빠도 한 번 놀러 오세요. 잘 해드릴게."

견디기 힘든 배덕감이 치밀어 올랐다. 구형사는 지금까지 도영희를 대했던 친절한 톤과 전혀 다른 냉랭한 목소리로 말했다.

"도영희씨. 지금 뭔가를 단단히 착각하고 있는 모양인데 당신들 전부 성매매 특별법 위반으로 처벌할 수도 있어요. 살인사건을 해결하려다 보니까 당장은 넘어가는 거지, 어디 감히 경찰한테 성매매를 알선하려고 해요? 제가 우습게 보입니까?"

하지만 도영희는 눈 하나 깜짝 않고 응대했다.

"우습게 보이다니요. 잘 생긴 오빠로 보여요."

구형사는 인상을 쓴 표정을 풀지 않고 도영희와 헤어졌다. 도영철이 삼촌으로 있던 가게에서 일하던 다른 윤락 여성도 만나서 이야기를 들어보았지만 도영희의 진술과 크게 다르지 않았다. 결국, 도영철이라는 인물에 대한 주변 사람들이 이야기를 모아보면 착하고 부지런한 사람이라는 게 일관적인 평이었다. 사창가의 기둥서방을 착하고 부지런하다 얘기하다니.

부검 결과는 도영희의 진술과 정반대였다. 그의 몸에 깊이 파인

칼자국, 특히 배를 열어버린 정도로 엄청난 자상은 이 사건이 처절한 원한에 의한 살인이 분명하다고 말하고 있었다. 새벽에 영등포 홍등가를 찾아와 칼부림을 할 정도로 사무친 원한을 가진 누군가가 있다고. 구형사는 깨달았다. 도영철을 제대로 알기 위해선 일단 그가 살던 영등포 뒷골목을 알아야 한다는 사실을.

─

그날 밤, 구형사는 영등포 골목을 찾았다. 화려하게 솟은 타임스퀘어 빌딩과 신세계 백화점 건물 바로 옆에 붙어 있는 사창가였다.

지은 지 몇 년 안 되는 초대형 쇼핑몰은 세련된 디자인과 조명을 뽐내고 있는데 등을 맞댄 사창가의 모습은 구형사가 딱 한 번 가보았던 20년 전 미아리 골목과 다를 게 하나도 없었다. 수십 층 높이의 최첨단 건물과 초라한 업소 건물들이 서로 다르게 생긴 샴쌍둥이마냥 붙어서 함께 숨 쉬고 있는 셈이었다.

기괴했다. 수십 년 세월이 간극이 물과 기름처럼 섞이지 않은 채로 공존하고 있다니. 한쪽은 극도의 안온함, 다른 한쪽은 극도의 음험함.

골목은 한산했다. 붉은 조명은 집집마다 켜져 있고 아가씨들은 한 뼘씩 되는 구두를 신고 맨 다리를 온통 드러낸 채 나와 있었지만 그녀들을 찾는 오빠들은 거의 보이지 않았다. 메인 골목 중간 지점에 나있는 작은 골목 모퉁이에 폴리스라인이 둘러져 있는 모습이 선명하게 보였다. 살인사건이 업소 영업에도 적지 않은 영향을 미쳤음이 분명했다.

구형사는 사건 현장을 천천히 둘러보았다. 모퉁이를 돌아 좁은 골목을 통해 나가면 편의점, 병원, 약국 등이 있는 대로변으로 통했다. 미선의 진술에 따르면 이모나 삼촌들이 뭘 사러 다닐 때 주로 이용하는 길이라고 했다. 사건 당시는 늦은 새벽이었고 비까지 왔다. 급하게 살 물건도 없었을 텐데 영철은 왜 이 골목을 지났을까? 범인이 여기로 불러냈을까? 도영희의 말대로 이 골목 사람의 짓이 아니라면 왜 외부사람이 이 좁고 어두운 골목에서 그를 찔렀을까? 비까지 오는 새벽에? 돈을 노리고? 그건 말도 안 된다. 피살 당시 도영철이 입은 옷은 검은색 추리닝에 낡은 면 티셔츠였다. 게다가 수중에 있던 지갑은 건드리지도 않았다. 묻지마 범죄? 그 가능성도 희박하다. 도영철은 키 178센티에 몸무게가 90킬로그램이다. 험한 바닥에서 수십 년 몸을 쓰며 살아와선지 한눈에 봐도 조폭 같은 포스가 풍기는, 엔간해서는 건드리고 싶지 않은 이미지였다. 묻지마 범죄의 일반적인 희생자인 노약자나 여자와 정반대 인물이라는 뜻. 무엇보다 도영철의 몸에 난 상처들은 지독한 증오가 아니고서는 설명하기 어려울 정도로 참혹했다. 특히 배를 가르다시피 한 20센티짜리 자상은 부인할 수 없는 원한의 증거였다.

구형사는 가설을 세우고 무너뜨리기를 반복하면서 범행현장을 서성이다가 결국 뚜렷한 성과를 얻지 못하고 다시 홍등가 골목을 걸었다.

"오빠! 일루 와. 내가 잘 해줄게!"
"오빠! 나하고 연애 좀 하고 가!"

구형사의 신분을 알 리 없는 아가씨들이 좁은 골목 양쪽에서 그를 불러댔다. 구형사는 걸음을 멈추지 않고 도영철의 가게로 향했다. 여자 두 명이 쇼윈도 앞에 앉아있었다. 그중 한 명이 미선이었다.

 금발 가발을 쓴 여자가 환하게 웃으며 구형사를 반긴 반면, 미선은 움찔한 표정으로 굳어버렸다. 구형사는 최대한 편안한 태도로 인사를 건넸다.

 "잘 지내셨어요?"

미선은 옛 남친이라도 만난 양 어쩔 줄을 몰라 했다.

 "사건 때문에 왔어요. 잠깐 얘기를 좀 해도 될까요?"

미선은 잠시 망설이다가,

 "잠깐만요. 이모한테 물어보고요."

일단 업소 안으로 구형사를 안내하고는 방문을 두드렸다. 안에서 문이 열리고 오이팩이 잔뜩 붙은 얼굴을 슥 내미는 사람은 도영희였다.

 "어머, 형사님. 정말 오셨네?"

아래위로 훑어보는 도영희의 의미심장한 미소가 몹시 불쾌했다. 구형사는 얼른 용건을 밝혔다.

 "사건 때문에 왔습니다. 윤미선씨한테 물어볼 것들이 있어서요."

"아하. 그러시구나. 미선이 방에서 얘기 나누세요."

도영희는 미선에게 큰 소리로 말했다.

"형사님 커피라도 한 잔 맛있게 타드려."
"네, 이모."

도영희는 오이팩 사이로 묘한 시선을 가로등 그림자처럼 늘어뜨리며 문을 닫았다.

"커피는 됐습니다."

구형사는 잘라 말하고는 미선의 뒤를 따라 2층으로 올라갔다. 좁고 삐걱거리는 나무 계단을 오르다 보니 오래전에 사창가를 찾았던 일이 떠올랐다. 기억하고 싶지도 않고, 일부러 기억할 일도 없는, 그래서 잘 기억도 나지 않던 사건이 또렷하게 되살아났다.
　20년 전이었던가? 군 입대를 며칠 앞두고 친구들이 돈을 모아 데리고 갔었다. 흔히 미아리 텍사스라고 하는 하월곡동의 사창가. 술도 꽤나 마신 뒤였다. 바라던 일은 아니었지만 술기운과 친구들의 부추김에 호기롭게 골목을 걷던 기억도 난다.
　짙은 화장을 한 창녀들이 만국기 깃발처럼 흔들흔들 늘어서 있는 골목 가운데 어떤 집으로 들어갔다. 꼭 이렇게 생긴 좁은 계단을 따라 올라갔었다. 어두침침한, 온통 붉은빛으로 가득한 방이 그를 맞이했다.
　그때와 달라진 게 있다면 계단과 2층 복도를 막아선 문이었다. 잠금장치가 달려있었는데 아마도 단속을 피하기 위한 수

단 같았다. 경찰이 들이닥쳐도 안에서 상황을 수습할 시간을 벌 수 있게 해주기 위해.

미선은 구형사의 눈치를 힐금 보았다. 구형사는 슬쩍 고개를 돌려주었고, 미선이 비밀번호 4자리를 누르자 철컥 소리와 함께 문이 열렸다. 구형사는 형사의 본능으로 비밀번호를 엿보았다. 시시하게도 1111이었다.

미선의 방에는 붉은 조명이 켜져 있었다. 구형사는 마치 손님으로 방에 들어간 것 같아 기분이 이상했다.

"아, 불을 바꿔야겠네요."

미선도 이상하다고 생각했는지 스위치를 바꿔 켰다. 붉은 조명 대신 보통 형광등이 켜졌다. 조명만 바뀌었는데도 방의 분위기가 놀랍게 바뀌었다. 하얀 조명으로 보니 그저 평범한 여자의 방이었다.

"앉을 데가 딱히 없네요."

미선이 미안한 얼굴로 말했다. 그러고 보니 침대와 화장대 밖에 없는 방에 앉을 데라고는 화장대 앞에 작은 의자뿐이었다.

"괜찮습니다."

구형사는 미선을 의자에 앉게 하고 자신은 침대에 걸터앉았다. 20여 년 전에 그가 누웠던 침대도 꼭 이렇게 생겼던 것 같다는 착각이 들었다.

그날 그는 사정을 하지 못 했다. 그보다 몇 살이 더 많았던 여자가 알몸으로 그의 앞에 눕자마자 그의 호기로움은 구멍 난 풍선처럼 쪼그라들었다. 그의 물건을 입안에 품고 몇 분 정도 형식적으로 빨다가 짜증을 내는 여자를 보며 남자로서의 자존심마저 쪼그라들었다. 그는 그날까지도 생물학적 총각이었고 그날의 기억은 꽤 오랫동안 트라우마로 남아서 그 뒤로도 몇 년 동안 여자를 대할 때마다 그를 방해해서 중요한 순간에 무너지고 말았다. 그런 그를 구원해준 여자가 아내였다. 아내는 그에게 첫 여자였다. 마지막 여자이기도 하고. 멍하니 옛 생각에 사로잡혀 있는 구형사를 기다리던 미선이 말했다.

"말씀…… 하세요."

구형사는 부끄러운 기억을 들킨 것 같아 뜨끔한 기분이었다.

"아 네. 여기 업주이신 도영희씨하고도 얘기를 나눠봤는데. 도영철씨에 대한 평이 좋더라고요."
"좋은 삼촌이었어요."
"좋다는 게 무슨 뜻입니까? 구체적으로."
"삼촌들 중에 아가씨들 괴롭히는 삼촌들도 있거든요. 영철 삼촌은 그런 일이 일절 없었으니까요. 그리고 돈을 뜯어내는 일도 없고. 오히려 급한 일이 생기면 돈을 꿔주기도 했어요."

그런 좋은 삼촌을 누가 죽였을까. 도영희씨 말대로 이 골목 사람의 짓은 아닌가?

"그래도 도영철씨한테 원한을 가질 만한 사람은 누가 있을까요?"
"진짜 그럴 사람이 없는데. 생활하는 삼촌도 아니고."
"생활?"
"조폭 생활이요. 삼촌들 중에는 조폭들도 꽤 있거든요. 영철 삼촌은 그런 일도 안 했어요."
"도영철씨한테 가족이 있다는 사실은 아셨나요?"
"네. 삼촌이 딸이랑 와이프 사진도 보여줬어요. 예쁘더라고요."
"도영철씨가 재산이 꽤 된다는 사실도 알고 있나요?"
"그래요? 그런 건 잘 모르죠. 그런 얘기까지는 안 하니까."

미선은 많이 놀란 얼굴이었다.

"알아보니까 몇 년 전까지는 도영철씨도 이쪽 바닥에 업주로 가게를 갖고 있었더라고요. 두 개나."
"네 알고 있어요. 다른 사업을 한다고 정리한 걸로 알고 있어요. 안경점인가?"
"조사를 할수록 참 이상하다 싶은 게 사람들이 다 도영철씨를 칭찬하더군요. 따지고 보면 포주에…… 이런 말씀드리면 불편하실 수도 있지만 기둥서방이잖아요. 칭찬받을 사람은 아닌 것 같은데."
"죄송합니다."

미선은 고개를 숙였다. 그 모습을 보자 구형사는 불쑥 화가 났다.

"윤미선씨가 뭐가 죄송합니까?"
"네? 아니…… 저도 떳떳하지는 않으니까요."

미선은 구형사와 눈을 맞추지 못했다. 구형사는 문득 궁금해졌다. 미선이 이곳으로 흘러들어온 사연이. 왠지 그녀에게는 몸을 팔 수밖에 없었던 이유가 있을 것만 같았다. 그는 화제를 돌렸다.

"좋아요. 아가씨들하고 이모들 중에서는 도영철씨한테 원한을 가질만한 사람이 없다고 치고, 삼촌들끼리는 어떻습니까?"
"삼촌들이라고 해봤자 몇 명 안 돼요. 가게마다 삼촌이 있는 게 아니라 삼촌 한 명이 여러 가게 일을 보니까요. 영철이 삼촌도 우리 가게만 본 게 아니라 몇 집 일을 같이 봤어요. 업주인 삼촌도 있고 일을 도와주기만 하는 삼촌도 있고."
"다 해서 몇 명이나 되죠?"
"음…… 서너 명? 영철이 삼촌 말고 좀 어린 삼촌이 있어요. 이름은 잘 몰라요. 예전에 오래 있었던 삼촌이 나가고 대신 들어온 삼촌이거든요. 생활하는 삼촌이에요."
"조폭?"
"네."
"그리고?"
"그리고 또…… 성태 삼촌. 이 삼촌도 옛날에 생활을 했다고 하는데 지금은 나이도 워낙 많고 그쪽 일은 안 하는 것 같아요."
"성태 삼촌? 어떤 사람인가요?"

"여기 터줏대감이라고 들었어요. 이 골목에서 아주 오래 있었다고. 자세히는 몰라요. 영철이 삼촌처럼 아가씨들하고 잘 지내는 편이 아니어서. 업주에요. 가게도 여러 개 있는."
"영철 삼촌하고 사이는 어땠나요?"
"친한 것 같지도 않고. 별로 나쁜 것 같지도 않던데요."

구형사는 내일 삼촌들을 만나야겠다고 생각하면서 핸드폰 스케줄러에 메모를 했다.

"또 어떤 삼촌이 있나요?"
"민식이 삼촌이라고 있어요."

그 이름을 말하면서 미선의 얼굴에 미소가 떠올랐다.

"민식이 삼촌은…… 뭐라고 해야 되지? 약간 모자란다고 해야 하나? 다른 삼촌들처럼 가게를 봐주거나 손님들을 정리해주는 못하고 주로 아가씨들이나 이모들 심부름을 해요. 운전도 하고요."

구형사의 머릿속에 히죽거리며 돌아다니는 동네 바보의 모습이 떠올랐다. 이 골목에도 그런 사람이 있단 말이군. 하긴 어느 동네도 바보가 한 명씩 있지.

"그 민식이 삼촌이라는 사람하고 영철 삼촌하고도 서로 아는 사이였나요?"

"당연하죠. 나이는 민식이 삼촌이 더 많은 거 같은데 민식이 삼촌이 영철이 삼촌을 형이라고 부르면서 잘 따라다녔어요. 영철 삼촌은 민식이 삼촌한테 가끔 용돈도 주고 재미있어했죠."

"재미있어했다고요?"

"아까 말씀드린 것처럼, 민식이 삼촌이 좀 엉뚱하거든요. 저도 얘기만 들었는데 민식이 삼촌이 이 골목에 들어온 지 10년이 넘었는데, 처음 온 날 여자 옷을 입고 왔대요. 화장도 하고요. 다들 정신병자인 줄 알고 쫓아내려고 했더니 매일 같이 찾아와서 말을 붙이고 그러다가 심부름해주는 삼촌이 된 거죠."

"요즘도 여자 옷을 입고 다니나요?"

"아니요. 그렇지는 않은데 가끔 엉뚱한 짓을 하긴 해요. 아이처럼."

"그렇군요. 또요?"

"제가 아는 삼촌들은 정도예요. 아마 그게 전부일 거예요. 골목이 빤하다 보니 외부 사람이 새로 들어오면 눈에 띄거든요."

"알겠습니다. 오늘 시간 내주셔서 고맙습니다."

"죄송합니다."

미선이 또 고개를 숙였다.

"미선씨는 뭐가 자꾸 그렇게 죄송합니까?"

"저는…… 불법이잖아요. 형사님은 저 같은 사람을 잡아가야 하잖아요."

"지금 제 임무는 살해 용의자를 잡는 일이지 성매매 단속이 아닙니다. 탐문수사에 협조해주셨으니 저한테는 미선씨가 고마운 거고요."

"그래도……"

고개를 숙인 미선의 정수리가 착해 보였다. 미용실에서 힘을 준 머리가 어울리지 않는다는 생각이 들었다. 짙은 화장을 지우고 머리도 편하게 풀고 나면 누가 봐도 몸 파는 여자처럼 보이지 않을 텐데. 구형사는 마음이 불편해져서 불쑥 침대에서 일어섰다. 미선도 그를 따라 일어섰다.

방을 나서기 전에 구형사는 아까부터 묻고 싶었지만 밀어 두었던 질문을 만지작거렸다. 도영철 사건과 직접적인 관련은 없었지만 영등포 뒷골목을 이해하기 위해서는 기본적인 질문이기도 했다. 잠시 망설이던 그가 입을 열었다.

"보통 얼마를 받습니까?"
"네?"
"손님이요. 가격이 얼마냐고요."
"아…… 7만 원이에요."

미선은 다시 고개를 숙였고 착하게 생긴 정수리가 구형사를 마주했다.

"손님 한 명당 시간은요?"
"15분이요."

미선의 목소리가 기어들어갔다.

"오해하지 마세요. 개인적인 질문이 아니라 이 골목 생리를 알아야겠기에 여쭤본 겁니다."
"네, 형사님. 죄송합니다."

하아, 또 죄송. 구형사의 입에서 작은 한숨이 새어 나왔다.

―

구형사를 보낸 뒤 미선은 다시 쇼윈도에 앉았다. 같은 가게에서 일하는 주리 언니는 담배를 피우고 있었다. 오늘따라 손님이 참 없다. 미선은 발을 쇼윈도 밖으로 내민 채 까닥거렸다. 13센티짜리 통굽 구두가 손님을 낚는 미끼 같다고 생각했다. 실제로 손님이 없을 때 그렇게 발을 쭉 내밀고 까닥거리고 있으면 손님이 오곤 했다. 과학적인 근거와 상관없는 그녀의 미신이었다.

"안녕."

짧은 인사말과 함께 양복 차림의 남자가 가게로 들어섰다. 미선은 미신이 또 한 번 들어맞은 것 같아 기뻤다. 어쨌든 이 손님까지 받으면 오늘 일당 10만 원은 넘기는 셈이었다. 지난주 일요일, 같이 마트에 갔을 때 지찬이가 사고 싶은 눈치였던 팽이 장난감이 떠올랐다.

"오빠 잘 오셨어요."

미선은 50대 초반쯤 되어 보이는 남자의 손을 꼭 잡고 짧은 환영인사를 건넸다. 다소 마른 체구에 키가 훌쩍 큰 남자는 어색한 시선으로 가게 안을 훑어보고 있었다. 이런 곳에 처음 오거나 아주 오랜만에 온 사람이라는 직감이 들었다. 완벽한 정장 차림인 것만 봐도 그렇다.

"계산부터 해요 오빠."
"어, 그렇지. 얼마지?"
"7만 원이요. 현금으로."

남자는 5만 원짜리 한 장과 만 원짜리 두 장을 꺼내 미선에게 건네주었다. 미선은 돈을 이모에게 건네주고 남자를 데리고 방으로 올라갔다.

남자의 몸에서는 옛날 아빠에게서 나던 희미한 애프터셰이브 냄새가 났다. 같은 브랜드일 리가 없지만 미선은 애프터셰이브 냄새만 나면 아빠가 떠올랐다. 아빠과 관련해서 남아 있는 유일한 냄새이기 때문일까? 다행히 손님한테는 술 냄새는 안 났다. 술에 취한 손님은 아무래도 힘이 더 든다. 침대 위에 패드를 깔고 남자의 옷을 벗겨주었다. 손님에 따라서는 옷을 벗겨주는 걸 싫어하는 사람들도 있는데 이 손님은 그냥 가만히 있었다. 겉옷을 벗기고 팬티를 내리려고 하자 남자는 미선의 손을 뿌리쳤다.

"내가 벗을게."
"네, 벗고 누우세요 오빠."

남자는 붉고 어두침침한 빛 속에 누웠다. 미선에게 남자의 몸은

다 똑같다. 젊고 건장한 몸도 늙고 쇠약한 몸도 다 똑같다. 15분 동안 그녀가 만지고 빨아야 할 대상일 뿐이다. 미선은 타이머가 돌기 시작했음을 알려주었다.

"서비스 시작할게요. 15분 뒤에 타이머 울려요."

꽤 긴장해 보이던 남자는 미선의 애무에 금방 발기에 성공했다. 어쩌면 약을 먹었을지도 모른다는 생각이 들었지만 상관없었다. 콘돔을 끼우고 바로 삽입 섹스.
 남자는 평범한 체위로, 평범한 강도로 섹스를 했다. 그리고 십 분이 조금 안 되어 사정에 성공했다. 이 정도라면 반가운 손님이다. 미선은 사정을 마친 남자의 성기에서 콘돔을 빼고 물수건으로 닦아주고는 옆에 누웠다. 1, 2분쯤 시간이 남아있을 테다. 15분이라는 시간의 흐름은 미선이 정확히 가늠할 수 있었다.

"좋았어요 오빠?"
"응. 생각보다 좋았어."

미선은 남자의 가슴을 천천히 쓸어주었다. 진상 떨지 않고 일을 마친 손님에게만 해주는 그녀의 작은 서비스였다.

"골목을 몇 번 왔다 갔다 했는데, 니가 착해 보여서 들어왔어. 진짜 착하네."
"고마워요 오빠."
"몇 살이야?"
"서른한 살이요."

"생각보다 많네? 이십 대 후반쯤인 줄 알았는데."
"어리게 봐줘서 고마워요 오빠."
"우리 딸이 딱 서른이야."
"진짜요?"
"지난주에 결혼했어."
"우와, 축하드려야 하나?"
"뭐, 그런 셈인가. 신혼여행 다녀와서 바로 어제 여기서 딸이랑 사위랑 같이 밥을 먹었거든."
"여기서요?"
"옆에 타임스퀘어에서."
"아, 거기 좋은 식당들 많죠."
"어제 가는 길에 이 골목을 지나왔어. 문득 내가 너무 오랫동안 안 하고 살았다는 생각이 들더라고. 그래서 오늘 와봤어."
"잘하셨어요."

미선은 남자에게 아내가 있는지 없는지 궁금했지만 묻지 않았다. 남자가 미선의 젖가슴을 천천히 쓰다듬으면서 중얼거렸다.

"가족과 함께 타임스퀘어를 찾아 쇼핑을 하고 외식한 아빠가 다음날에 손님으로 누워있네. 중산층의 삶에 대한 욕망과 일탈의 욕망은 타임스퀘어와 사창가 골목처럼 늘 한 몸이면서 두 얼굴이니까."

남자의 입에서 보통 때 듣기 어려운 표현이 튀어나오자 미선은 당황했다.

"오빠 되게 똑똑한 분 같아요."
"공부는 많이 했지. 쓸데없이."
"왠지 이런 곳에 안 오실 분 같아요."

그 말을 들은 남자의 얼굴에 쓸쓸한 표정이 드리웠다. 마침 타이머가 울렸다. 미선은 몸을 일으키며 말했다.

"이제 가요 오빠. 제가 옷 입혀드릴까요?"
"아냐. 입는 건 내가 할게."

그러고 보니 남자의 양복도 꽤나 고급 브랜드 같았다. 남자 옷을 잘 알지는 못하지만 딱 봐도 비싸 보인달까. 화장대 위에 풀어놓은 시계도 명품 느낌이 물씬 났다. 옷을 다 입은 남자는 미선을 따라 방을 나와 계단을 내려갔다. 쇼윈도에 앉아 있던 주리 언니가 뒤를 돌아보고는 빙긋 웃었다.

"오빠 연애 잘하셨어요?"

손님은 아가씨의 말에 대답하는 대신 미선에게 물었다.

"또 와도 될까?"
"그럼요 오빠. 언제든지 오세요."

남자는 무표정한 얼굴로 고개를 끄덕이고는 가게를 나갔다. 단정한 양복 차림처럼 걸음걸이도 단정했다.
미선은 주리 옆의 의자에 앉아 다시 은빛 구두를 미끼처럼 창밖으로 내밀었다. 주리는 핸드폰을 들여다보고 있었다. 아마도 웹소설일 것이다. 몇 달 전부터 그녀는 웹소설에 빠져 손님이 없을 때면 핸드폰을 눈에서 떼지 않았다.

문득 구형사가 떠올랐다. 생각해보니 이 골목에서 일을 한 이래 손님이 아닌 다른 남자가 방에 들어온 일은 처음이었다. 그것도 형사라니. 구형사는 형사 같지 않게 생겼다. 미선이 형사를 많이 본 건 아니지만 느낌이 형사 같지 않았다. 얼굴은 우락부락하지 않고 곱상한 느낌이고 목소리도 남자치고는 무척 예쁜 편이었다. 무엇보다, 배려해주는 느낌이 들어 좋았다.

미선은 성매매 단속반에게 걸린 적이 두 번 있었다. 두 번 다 물증이 없어서 훈방으로 풀려나긴 했지만 그때 그녀를 담당했던 경찰들의 경멸적인 시선은 아직도 잊지 못 했다. 손님들의 시선보다 몇 배는 더 모멸감을 주었다. 그런데 구형사의 시선과 태도는 달랐다. 손님이나 삼촌이 아닌 남자와 오랜만에 대화를 나누어서일까. 자꾸 구형사가 떠올랐다. 말간 얼굴과 부드러운 목소리가.

주리가 핸드폰에서 시선을 돌리지 않은 채로 물었다.

"아 참, 아까 형사가 뭐래?"
"그냥 이것저것 묻고 갔어. 뭐 삼촌들 얘기, 여기 돌아가는 이야기."
"범인 잡을 거 같대?"
"아직은 잘 모르겠는가 봐."
"형사, 잘 생겼더라."
"그런가?"

주리 언니의 말을 듣고 보니 그런 것 같기도 했다. 그 정도면 잘 생겼다는 말을 들을 만 하다는 생각이 들었다.

"꼬셔서 연애나 해봐."
"말도 안 되는 소릴 해."

주리 언니는 가끔 엉뚱한 소릴 잘한다. 그러니 자꾸 금발, 은발 가발을 쓰고 앉아있지.
밤이 깊어간다. 이 골목에서 보는 달은 어딘가 더 쓸쓸해 보인다. 타임스퀘어 빌딩 귀퉁이에 장식물처럼 걸린 달을 보면서 미선은 어떤 노래 멜로디가 떠올랐다. 지난주 일요일에 엄마 집에 갔을 때 들었던 유재하의 노래. 영화 〈살인의 추억〉에서 살인을 예고하는 장치로 쓰였던 노래 말이다. 머릿속에 맴도는 멜로디를 겨우 떨쳐냈다. 불운과 연관된 어떤 작은 것도 멀리하고 싶었다.

―

도영철의 아내는 검은색 원피스에 얇은 크림색 카디건을 걸친 차림이었다. 매끄러운 피부에 목이 길어서 연약한 몸매가 더욱 청초하게 보이는 인상이었다. 표정도 차분했다. 살아오면서 격한 언행은 한 번도 해보지 않았을 것 같은 분위기를 풍기는 여자였다. 남편 상을 치른 지 며칠 안 되는 미망인을 경찰서로 부르기가 미안해서 그녀 집 근처 카페에서 만났다. 그녀는 시켜놓은 커피에 입도 대지 않았다. 남편이 잃은 지 일주일도 안 되는 여자치고는 표정이 꽤 담담해 보였다.

구형사는 바로 본론으로 들어갔다.

"남편분이 하시는 일에 대해 알고 계셨나요?"
"대충은요."
"대충이라고 하면?"
"술집을 하느라 밤을 새고 아침에 들어온다고 했는데 그런 골목에서 일하는 줄은 몰랐어요."
"지금 윤락업소 주변 사람들 중에서도 용의자를 찾고 있는데 아직까지 크게 원한 관계에 있는 사람이 보이질 않습니다. 혹시 남편 주변에서 의심 가는 사람이 있나요?"
"글쎄요. 워낙 다른 사람한테 폐 안 끼치고 지내는 사람이라. 그쪽 일을 하는 사람들 중에는 그런 짓을 할 만한 사람이 많지 않을까요?"
"안 그래도 포주와 아가씨들을 계속 탐문수사할 예정입니다."

그녀는 포주나 아가씨 같은 단어조차 듣기 싫은 듯 미간을 찌푸렸다. 하긴 졸지에 포주의 미망인이 된다는 건 받아들이기 힘들 테지.

금전적인 문제는 아닌 것 같았다. 계좌 입출금 내역을 확인했는데 아내가 하는 안경점에서 매달 꾸준히 500만 원 정도의 수익이 있었고 윤락업소에서도 들쑥날쑥하지만 2,300만 원 안팎의 돈이 매달 입금되고 있었다. 누구한테 큰 돈을 빌리거나 빌려준 적도 없이, 오직 은행하고 거래만 한 깨끗한 계좌들이었다.

"혹시 뭔가 짚이는 데가 있으면 언제든 연락 주세요."

구형사는 명함을 건네주었다. 도영철의 아내는 명함을 힐끗 보고는 고개를 끄덕였다.

"그럼 먼저 일어나겠습니다.

카페 밖으로 나가는 그녀의 뒷모습이 아내의 뒷모습과 겹쳐졌다. 구형사가 본 아내의 마지막 모습은 뒷모습이었다.

그는 살고 아내는 죽었다. 못난 놈. 영등포 뒷골목의 포주도 아내를 지키고 죽었는데. 바위같이 무거운 죄책감이 구형사의 가슴을 짓눌렀다. 이런 고통은 자주 겪어도 영 익숙해지지 않는다. 그녀와 헤어진 구형사는 경찰서로 돌아가 업무를 본 뒤에 다시 영등포 골목으로 향했다. 어제 미선에게 들은 '삼촌들'을 만나기 위해서였다.

―

저녁 어스름이 깔리는 영등포 사창가 골목에 들어섰다. 벌써 일주일 째 매일 같이 들락거리면서도 영 적응이 되지 않는 장소였다. 구형사는 골목 입구에 차를 세우고 나왔다. 해가 채 떨어지지 않은 늦은 오후 시간에 온 건 처음인데 골목 전봇대에 메어 놓은 빨랫줄에 빨래가 걸려 있었다. 마치 깃발처럼 바람에 흔들리는 빨랫감들은 이불이나 옷가지들이었다. 그 아래 스쿠터 한 대가 감시병처럼 서 있었다. 아직 완전히 어두워지지 않아선지 그런지 문을 열지 않은 가게들도 꽤 있었다. 도형사는 먼저 김성태를 찾았다.

골목 초입부터 나란히 세 곳의 가게를 운영하는 그는 주름이 많이 지고 머리가 벗겨진 얼굴이었다. 환갑이라는 실제 나이보다 더 들어 보였다. 팔목에 보이는 희미한 문신 자국이 과거를 짐작케 했다.

"나는 여기 골목 생길 때부터 있었던 사람이야. 여기서 평생을 살았지. 그놈 온 지가 20년쯤 됐나? 청량리에서 영희하고 같이 왔지. 처음 왔을 때는 다른 가게에서 텃세도 부리고 했는데 영철이 그놈이 워낙 똑 부러지게 단도리 하니까 일절 시끄러운 일이 없었지. 절대로 칼 맞을 놈이 아닌데."

또 칭찬이군. 이건 뭐 포주가 아니라 모범 경찰쯤 되는 모양이네. 구형사는 불편한 마음을 숨기고 계속 물었다.

"도영철씨 주변 분들 중에 의심 가는 사람은 없고요?"
"이 골목에서는 절대 그런 짓을 할 사람이 없어. 여기서 자꾸 사람들 들쑤시고 다녀봤자 헛물켜는 거라고. 노란색 폴리스라인이 쳐져 있고 자꾸 형사가 얼씬 거리니까 손님들이 절반으로 줄었잖아. 겨우겨우 몸 팔아서 버티는 사람들 굶어 죽일 셈이야?"
"사장님. 이런 영업하시는 거 다 불법인 건 아시죠?"

구형사는 눈에 힘을 주고 말했다. 그제야 기세등등하던 김성태가 움츠러들었다.

"잘하는 짓은 아니지만 불쌍한 사람들 입에 풀칠은 하
게 해달라는 소리지요."

그는 갑자기 존댓말을 쓰면서 시선을 피했다.

이렇게 약은 사람이 자기 나와바리에서 사람을 죽였을까? 그것도 옆 가게 삼촌을? 구형사는 김성태를 용의선상에서 제외하려다가 말았다. 일단 의심의 여지는 남겨두자.

—

김성태에 이어서 구형사가 만난 삼촌은 강보현. 31살. 앳된 얼굴에 어울리지 않게 조직폭력 전과가 벌써 5범이었다. 영어로 된 문신을 하고 비츠 바이 닥터 드레 헤드폰을 목에 걸고 다니는, 이른바 신세대 조폭이었다.

"영철이 형은 사실 잘 몰라요. 뭐 서로 마주치면 인사
정도는 했지만 길게 얘기해 본 적도 없고. 서로 구역만
안 물리면 되니까요."
"최근에 이상한 점은 느낀 거 없고?"

구형사는 처음부터 반말로 보현을 대했다.

"모르겠네요. 그 정도로까지는 관심이 없었으니까. 아
시다시피 어차피 한물 간 동네라 뭐. 저도 사고치고 여
기 짱 박혀 있느라 죽겠어요. 형사님. 저 진짜 우리 형
님이 하는 가게만 봐주고 있지 이 골목이 어떻게 돌아

가는지 잘 모르고 또 알고 싶지도 않습니다."

구형사는 강보현 같은 놈들의 생리를 잘 알았다. 이런 놈들은 조직이 시키지 않는 짓은 하지 않는다. 조직에 시끄러운 소리가 흘러들어가는 일을 제일 싫어한다. 일단 용의선상에서 제일 먼저 아웃.

업주인 성태와 보현과 달리 허드렛일과 심부름을 도맡아 하는 민식이 삼촌은 한눈에 봐도 모자란 티가 났다. 히죽히죽 웃는 얼굴에 츄리닝 바지에 등산복 상의를 넣어 입은 옷차림도 영 바보 같았다. 성태와 보현은 업소에서 이야기를 나누었지만 민식은 차로 데려와서 조수석에 앉혀놓았다. 민식은 산만하게 차 안을 둘러보았다.

"도영철씨하고 친하게 지냈다면서요?"
"영철이 형님이 용돈을 줬어요. 맛있는 것도 사줬어요. 노래방도 데려갔어요."

민식이 삼촌은 낯선 사람을 경계하는 듯 계속 의심스러운 눈으로 구형사를 보았다.

"민식씨도 여기 온 지 오래되었다고 하던데. 요즘 들어 도영철씨한테 이상한 점 같은 게 있었나요?"
"이상한 점은 없었어요. 영철이 형님 기분이 계속 좋고.

민식이도 계속 기분이 좋았어요."

"뭐가 그렇게 기분이 좋나요?"

"지금은 기분이 안 좋아요. 영철이 형님이 죽어서 민식이도 화나요."

민식은 아이처럼 주먹을 쥐고 식식거렸다. 구형사는 문득 미선이 해 준 말이 떠올랐다.

"민식씨, 이 골목에 처음 왔을 때 생각나요?"

"여기 처음 왔을 때? 민식이가요?"

"네, 민식씨가."

민식은 기억이 나는지 안 나는지 소처럼 새카만 눈을 껌벅였다.

"미선씨 알죠?"

"미선이? 미선이 알아요. 미선이 착해요. 제일 착해요."

"미선씨가 그러던데요? 미선씨도 들은 얘기라고는 하던데, 민식씨가 이 골목에 처음 올 때 여자 옷을 입고 화장도 하고 왔다고요."

민식은 기억이 안 나는 모양이었다. 어리벙벙한 표정으로 고개만 갸웃거렸다. 구형사는 피식 웃었다. 동네 바보를 데리고 내가 뭘 하고 있는 건가. 용의자가 또 한 명 줄었다.

—

골목을 떠나려던 구형사는 차 시동을 걸었다가 다시 껐다. 그리곤 밖으로 나와 골목을 걸었다.

삼촌들을 만나는 사이 어둠이 완전히 짙어져 있었다. 듬성듬성 닫혀있던 업소들의 문이 모두 열렸다. 붉은 조명이 켜진 쇼윈도에 아가씨들이 앉고 그녀들의 하이힐이 코를 내밀었다. 구형사는 천천히 골목을 걸었다. 한 일주일 골목을 드나들다 보니 그가 형사임을 알아보는지 오빠라고 부르면서 호객행위를 하는 여자들은 없었다. 오직 아가씨, 삼촌, 이모, 오빠밖에 없는 골목에서 그는 유일한 이방인일지도 몰랐다. 그의 발걸음은 미선이 있는 업소를 몇 걸음 남겨놓고 멈췄다. 한 걸음만 더 옮기면 그녀와 눈이 마주칠 거리였다. 그녀의 말간 얼굴을 떠올렸다. 왠지 그녀를 지켜주고 싶었다. 왜 그런 마음이 드는지, 그럴 자격이 있는지는 모르겠지만.

구형사는 잠시 서 있다가 걸음을 돌렸다.

—

퇴근한 형사를 기다리고 있는 집은 적막했다. TV를 켜거나 음악을 틀 법도 한데 그는 적막을 즐기기라도 하듯 조용히 옷을 벗었다. 속옷 차림이 된 그는 욕실로 들어갔다. 속옷까지 다 벗어 욕실 바닥에 던진 그는 샤워기 대신 페니스를 잡았다.

고독한 수음을 의식처럼 행하는 구형사의 얼굴은 무표정했다. 과연 욕망이 남아있긴 한가 싶을 정도로 표백되어 있는 표정. 누구를 떠올리며 수음을 하는 건지, 대체 대상이 있기는 한

지 알 수 없었다.

    힘줄이 툭툭 드러난 발 옆으로 바퀴벌레 한 마리가 재빨리 지나갔다. 탁탁탁, 페니스를 쥔 그의 손도 점점 빠르게 움직이기 시작했다.

—

남자는 또 양복을 입고 왔다. 다시 와도 되냐고 물었던 것이 괜히 하는 말 같지는 않았지만 이렇게 금방 며칠 만에 찾아올 줄은 몰랐다.

    그는 처음 왔던 날처럼 이번에도 아주 모범적으로 일을 치렀다. 시간마저도 비슷했다. 15분짜리 타이머를 2분 남겨놓고 사정을 했다.

    이번에도 미선은 모범 손님에게만 주는 상으로 그의 가슴을 쓰다듬어주면서 잠시 곁에 누워있었다. 그의 손길은 지난번보다 조금 더 대담하게 그녀의 가슴을 만졌다. 미선이 미리 경고했다.

    "꼭지는 만지지 마세요. 아프거든요."
    "응."

남자는 말 잘 듣는 아이처럼 젖꼭지 쪽으로는 가지도 않고 가슴 아래쪽을 만지작거렸다.

    "이상하게 니 옆에 누워있으면 편하다."

남자의 말이 괜히 하는 말 같지 않았다. 그렇다고 작업 멘트 같지도 않고.

"고마워요 오빠."
"오빠라고 하니까 이상하다. 니 또래 딸이 있다니까. 아저씨라고 불러. 그게 편해."
"여기선 다 오빠에요."
"그렇다면 어쩔 수 없고. 뭐 로마에 오면 로마법을 따라야지."
"오빠는 뭐 하는 사람이에요?"
"학생들을 가르쳐."
"정말요? 선생님이에요?"
"대학교에서."
"우와. 교수님이구나. 뭘 가르치는데요?"
"건축. 엔지니어링, 설계 뭐 이런 것들. 도시공학이라고 하지."
"말해줘도 잘 몰라요. 건물을 만들고 그런 건가요?"
"내 손으로 직접 만들진 않지만 설계에 참여하니까 만든다고 할 수도 있겠네."
"유명한 건물도 있어요?"

남자는 대답 대신 골목 쪽으로 난 좁은 창문을 가리켰다. 밤에는 항상 커튼이 쳐져 있는. 남자의 동작이 무슨 뜻인지 몰라 미선이 고개를 갸웃하자 남자가 설명했다.

"타임스퀘어."

"헐! 정말요? 여기 바로 앞에 타임스퀘어요?"
"응. 내가 다 설계한 건 아니고 설계팀에 참여했지. 청계천 복원 사업에도 참여했고."
"우와. 대박. 오빠 되게 유명한 분이신가 봐요."

남자는 쓸쓸하게 웃었다.

"하마터면 내 손으로 이 골목을 밀어버릴 뻔한 적도 있어."
"네?"
"영등포구청에서 도심재생 사업 일환으로 여기 사창가 골목을 개발하려고 했었거든. 이미 하월곡동, 그러니까 미아리 사창가는 벌써 개발이 되었지. 사실 이 주변이 완전 교통의 요지야. 국철에 지하철, 버스도 많이 다니고 도심과 올림픽대로, 서부간선도로 진출입도 용이하고. 아주 사통팔달이지. 이런 입지에 쪽방촌, 윤락가, 철공소 같은 것들이 아직도 잔뜩 있으니 주민들 불만도 많았고 건수를 노리는 개발업자들도 눈독을 많이들 들였지. 그러다가 서울시에서 도시기본계획을 발표했는데 영등포·여의도 지역이 종전 부도심에서 한양도성, 강남과 함께 서울의 3대 도심으로 승격된 거야. 주민설명회도 하고 서울시 협의도 거쳐서 개발 계획도 수립하고. 전체적인 밑그림을 그리는데 내가 참여했었지. 그런데 업주들이랑 아가씨들 저항이 워낙세서 일단 계획을 보류했지."

미선은 기억이 났다. 서울시에서 여기 골목을 밀어버린다고 해서 영철이 삼촌을 따라 다른 아가씨들과 함께 마스크를 쓰고 구청 앞에 몰려가서 시위를 했었다. 생계권을 보장하라! 구호를 외쳤다. 진심이었다. 그때 이야기를 하기가 부끄러워 손님에는 말하지 않았다. 마침 타이머가 울렸다.

"아이구. 이제 우리 오빠 갈 시간이다."
"잠깐 더 누워있으려면 어떻게 해야 하지?"
"아, 타임 연장하시게요?"
"돈을 더 내면 되나?"
"네."
"칠만 원?"
"음……"

미선은 망설이다가 물었다.

"또 하실 거예요?"

남자가 어이없이 허허 웃었다.

"내가 쉰여섯이라는 얘기 안 했나? 그냥 이렇게 누워서 얘기나 더 하다 가려고."
"그럼 5만 원만 주세요."

남자는 양복 재킷에서 지갑을 꺼내더니 7만 원을 건네주었다.

"노동의 대가는 흥정의 대상이 아니지."

"하하. 교수님처럼 말씀하시네요."

남자는 미선을 꼭 품어 안았다. 미선은 남자의 등을 토닥토닥 두드려 주었다.

"내 이름은 김학선이야."
"네. 기억할게요. 제 이름은 윤미선이에요."

가끔 이름을 묻는 손님들이 있었다. 미선은 보통 가게에서 쓰는 이름인 '수지'를 얘기해주곤 했는데 왠지 이 손님에게는 진짜 이름을 말해주고 싶었다.

"이런 얘기 실례일지도 모르지만……"
"물어봐. 실례가 아닐 테니까."
"교수님은 돈도 많으실 것 같은데, 이런 골목 말고 비싼 술집에서 더 어리고 예쁜 여자도 만날 수 있을 텐데요. 왜 굳이……"
"그런 적이 왜 없었겠어. 많이 있었지. 접대받은 적도 많고. 친구들하고 어울려 다닌 적도 많고. 역삼동, 삼성동, 논현동…… 자주는 아니지만 남들 다니는 만큼 다녀도 봤어."
"그런데요?"
"며칠 전에 왔을 때 말했잖아."
"아, 따님 가족하고 타임스퀘어에서 식사하고 우연히 이 앞을 지나가다가 와보고 싶었다고요?"
"맞아."

"그때는 그랬지만 지금은 두 번 째잖아요."

"너 때문인가 보다."

"네?"

"니가 마음에 들어서."

그 말을 듣는 순간 미선은 참기 힘든 수치심을 느꼈다.

니가 마음에 들어서. 보통 사람들에게는 호감의 표시일지 모르지만 붉은빛 속에 누워서 이런 말을 하는 손님은 백이면 백 양아치라는 걸 미선은 경험으로 알았다. 정말 그녀가 좋아서 이런 말을 하는 순진한 남자는 영화에서나 나오는 거다.

미선은 아무 말도 하지 않고 남자의 가슴에 얼굴을 묻었다. 남자는 좋아서 그러는 줄 아는지 더 힘주어 그녀를 안았다. 그 순간, 남자의 아랫도리가 꿈틀 움직이는 기운이 느껴졌다.

이것 봐. 헛소리할 때부터 이럴 줄 알았어. 이미 돈을 냈으니, 그것도 에누리 없이 7만 원을 다 냈으니 남자가 또 하겠다면 막을 도리가 없었다.

짜증이 솟았다. 이 남자와 또 하기는 싫은데. 천둥소리가 들렸다. 아까부터 슬쩍 스치던 비가 제대로 오려나보다. 남자가 미선의 몸을 밀어서 눕혔다. 미선은 눈을 감고 몸에 힘을 뺐다. 남자가 그녀의 다리를 벌렸다. 11월같이 스산한 느낌이 가랑이 사이로 밀려들었다.

─

저녁부터 내린 비가 제법 거세졌다. 혼자 저녁을 차려먹은 남순 할머니는 창문을 꼼꼼하게 닫고는 거실 소파에 앉았다. 돋보기안경을 쓰고 책자를 펼쳤다. 아파트 재건축 사업 조합에서 조합원들에게 보낸 분양 안내 책자였다. 책자 안에는 사업시행인가 변경 내용과 재건축 후에 지어질 새 아파트의 조감도, 동 호수 배치도 등이 있었다. 남순은 한 페이지도 놓치지 않고 책자를 읽었다.

그녀는 이미 90년대부터 아파트 투기를 시작했다. 이미 서초동에 하나, 대치동에 하나, 이번에 잠원동 재건축 아파트까지 강남 아파트 세 채가 그녀의 소유였다. 몇 년 전에 8억을 주고 매입한 35평짜리 아파트가 재건축을 앞두고 몇억이 올라 지금은 12억에도 사겠다는 작자가 줄을 섰다. 세 채 중에 한 채는 팔아서 현금을 마련할 계획이었다. 원래 잠원동 아파트를 매도할 생각이었으나 요즘 반포-잠원 지역이 압구정을 넘어서는 부촌으로 떠오른다는 트렌드를 읽은 그녀는 재건축이 기약 없는 대치동 아파트를 팔기로 마음먹었다. 제대로 빠진 잠원동 새 아파트의 도면을 보자 결심이 더욱 굳어졌다.

책자를 내려놓고 TV를 켜자마자 현관문 벨이 울렸다. 밤 시간에 찾아올 사람이 몇 안 되는데? 택배인가? 요즘은 저녁에도 택배가 오니까. 남순은 현관문으로 다가가서 인터폰 화면을 확인했다. 그녀의 얼굴이 안심하는 표정으로 바뀌었다. 그녀는 문을 열자마자 반가운 인사를 쏟아냈다.

"아이구, 이 시간에 무슨 일이야? 오면 온다고 전화라
도 하지. 어서 들어와."

비옷을 입은 누군가가 현관문을 닫았다. 신발장 앞의 타일 위로 빗물이 툭툭 떨어졌다.

국과수 부검실. 노파의 시체 앞에서 구형사는 한참을 말없이 서 있었다.

사흘 전에 죽은 채로 발견된 이남순 할머니였다. 시체의 상처로 볼 때 범인은 둔기로 할머니를 때려 기절시킨 뒤 목을 졸라 살해했다. 할머니가 죽은 곳은 잠원동의 아파트였지만 수사 초반에 그녀가 영등포 윤락업소의 업주라는 사실이 밝혀지면서 도영철 사건과 연관성이 제기된 것이다. 그녀는 도영철이 있던 업소와 불과 두 집 떨어진 곳의 업주였다. 조사를 해보니 성매매 특별법이 나오기 전까지만 해도 무려 다섯 곳의 업소를 거느리던 윤락업계의 큰손이었다. 지금까지 업소들을 정리하고 이제는 영등포에 한 곳만 남겨두고 있던 상태였다.

"죽을 때, 할머니는 의식이 있었어요."

시체를 부검한 의사가 소견서를 건네주며 말했다. 구형사가 소견서를 보면서 물었다.

"어떻게 알죠?"
"현장에서 할머니 손톱이 발견되었거든요. 여러 조각으로 부서져서. 목을 조르는 범인에게 저항하다가 손톱이 부러진 거죠."
"용의자 혈흔은요?"
"검출이 안 되었어요. 아마 손톱이 파고들 수 없을 정도로 두꺼운 긴 팔을 입고 있었을 거예요."

"얼굴을 긁을 수도 있지 않습니까?"
"시신을 보시면 알겠지만……"

유난히 왜소한 할머니의 체격이 구형사의 눈에 들어왔다. 부검의가 계속 설명했다.

"할머니의 팔이 보통 사람보다 훨씬 짧아요. 허둥거렸다고 해도 범인의 얼굴이나 목에 손이 닿지 않았을 가능성이 크죠."

구형사는 부검의의 소견서를 그 자리에서마저 다 읽었다. 의문점이 하나 생겼다. 구형사가 부검의에게 물었다.

"왜 의식이 있는 상황에서 목을 졸랐을까요? 의식을 잃게 한 다음 죽이는 편이 더 안전했을 텐데요."

부검의는 할머니의 머리 뒤쪽을 가리켰다.

"여기 이 부분이 둔기로 인한 상처인데요. 아주 경미합니다. 보통 사람은 쓰러지지도 않았을 정도에요."

두 가지 경우다. 범인이 힘이 약하거나, 일부러 약하게 때렸거나. 집안까지 저항 없이 쉽게 들어온 걸 보면 면식범이 확실하다. 사인이 명확한 만큼 더 이상 여기서 시간을 보낼 필요는 없었다. 아파트 CCTV부터 확보해야 했다.

경찰서로 돌아간 구형사는 후배 조형사와 함께 보고서를 써서 반장에게 올렸다. 사건이 발생한 동작경찰서와 합동으로 수사를 진행하기로 했다.

한때는 100여 곳이 넘는 성매매 업소가 밀집한 대표적인 홍등가였지만 성매매 특별법이 실시된 이래 겨우 서른 곳 남짓한 가게만이 근근이 영업을 하고 있는 쇠락한 사창가, 영등포 뒷골목에서 일주일 사이 두 번이나 살인사건이 발생했다.

"포주라…… 그럼 도영철이하고는 어떻게 되는 거야? 그놈은 기둥서방이라며?"

정수리 부분에만 머리가 벗겨진 반장이 깊게 패인 11자 주름을 더 깊게 찡그리며 물었다.

"도영철도 얼마 전까지는 업주였죠. 일단 둘이 같은 업소는 아닌데요, 혹시 관계가 있는지 알아보겠습니다."

구형사가 대답했다. 이남순 할머니가 살해된 시간은 바로 어제 새벽. 아직 수사를 시작도 못하고 있는 상황이었다.

"연쇄살인일까요?" 후배 조형사가 조심스럽게 물었다.

구형사도 반장도 대답하지 않았다. 다만, 그렇지 않기를 바랄 뿐. 반장은 다 읽은 보고서를 내려놓고 중얼거렸다.

"이번에도 목격자는 없고?"
"네."
"탐문수사 시작해."
"네. 죽은 할머니 시신을 발견한 여자를 만나기로 했습니다."
"창녀야?"

반장의 표현이 거슬렸다. 구형사는 창녀라는 표현이 가치중립적인 표현인지 비하하는 의도가 섞인 말인지가 궁금했다. 머뭇거리는 구형사를 대신해 조형사가 대답했다.

"네, 할머니가 데리고 있던 창녀가 발견했습니다."
"흠, 역시 창녀짓인가……"

반장이 중얼거리는 소리가 또다시 구형사를 불편하게 했다. 틀린 표현은 아니다. 몸 파는 여자, 창녀.
왠지 그녀가 떠올랐다. 몸 파는 여자치고는 너무 깨끗한 얼굴, 몸 파는 여자치고는 너무 여린 마음, 몸 파는 여자치고는 너무 가늘고 긴 손가락의 소유자 미선. 아마도 아름다울 미에 착한 선 자를 쓰겠지?

구형사는 이남순 할머니 관련 인물들을 만나 탐문 수사를 진행했다. 할머니의 업소에서 일하는 여자들은 별 도움이 되지 못했다. 그중에서 제일 나이가 많은, 마흔이 다 된 여자는 지방의 티켓다방에 있다가 빚 때문에 영등포로 넘어온 모양인데 증인 진술을 하는 내내 욕을 입에 달아 놓고 말했다.

"에이 씨발 염병. 별 개좆같은 할망구가 뒈질라믄 곱게 뒈질 것이지 송장이 돼서 남의 앞날을 딱 막아부러. 몸뗑이 팔 날도 얼마 남지도 않았는디 이게 뭐여 쓰벌."

주변 인물의 증언을 샅샅이 모은 결과는 대충 이러했다.

올해 일흔이 된 이남순 할머니가 영등포에 자리를 잡은 지는 20년이 조금 넘었다. 지금까지 영등포에서 성매매 업소를 운영하고 있는 포주들 중에서는 제일 오래된 터줏대감 축에 들었다.

그녀는 영등포에 오기 전에도 여자 장사를 쭉 해왔다고 한다. 자식은 없었다. 남편이 있었는데 오래전에 죽었다. 25년도 더 전에 죽었으니 그녀가 영등포로 흘러들어오기 전의 일이었다. 이 정도가 주변 사람들을 통해 알아낸 이남순 할머니의 과거였다.

후배 김형사에게 할머니의 주변 조사를 더 해보라고 맡기고 구형사는 도영철 주변을 캐는 일에 집중했다. 그러다 문득 두 죽음의 연결고리를 풀어줄 만한 사람이 생각났다. 구형사는 영등포 골목으로 달려가 업주 김성태를 만났다.

"영업장에 형사가 있으면 영 불편해서. 잠깐 나가서 얘기합시다. 식사는 하셨고?"

그는 골목에서 벗어나 대로변에 있는 뼈다귀 해장국 식당으로 구형사를 데려갔다. 구형사에게 물어보지도 않고 뼈다귀 해장국과 소주를 주문했다.

"근무 중에는 술 안 마십니다."

"형사 양반 드시라는 얘기가 아니요. 내가 마실라고. 속이 천불이 나서."

해장국이 나오기 전에 소주가 오자 김성태는 물 컵에 소주를 따르더니 물처럼 벌컥벌컥 마셨다. 보고 있기만 해도 목이 울컥 거렸다.

"보쇼, 형사 양반. 이거는 절대로 우연이 아니야."

김성태는 자연스럽게 반말을 썼다.

"우연이 아니라는 게 무슨 뜻이죠?"
"도영철이 금마를 이 골목으로 데리고 온 사람이 이남순이니까."

구형사는 잠시 혼란에 빠졌다.

"잠깐만요. 도영철하고 같이 온 사람은 도영희씨 아닌가요."
"도영희도 같이 왔지."
"아, 그럼 셋이 함께 왔다는 얘긴가요?"
"도영희는 아가씨, 도영철이는 삼촌, 그리고 둘을 데리고 온 포주가 이남순이지."

구형사는 정신이 번쩍 들었다. 그동안 그는 착각하고 있었다. 도영희는 청량리에서 아가씨로 일하다가 영등포에서는 업주로 일한 줄 알았다. 그게 아니었다. 여기서도 아가씨로 일하다가 업주가 된 것이었다.

"그랬군요, 그렇다면 셋이 한때는 한 가게에 있었겠네요."
"꽤 오래 같이 장사를 했지. 셋이 아주 똘똘 뭉쳐서. 욕심도 좀 많은지. 특히 도영희 걔는, 아휴, 아가씨들 딸릴 때는 마흔이 넘어서도 지 가게에서 직접 손님을 받았어. 나이 오십인데도 먹음직스럽게 생겼잖아."

색기 어린 도영희의 얼굴이 떠올랐다. 구형사는 한 가지 의문이 생겼다. 셋이 한 식구로 지냈는데 두 명이 차례로 죽었다. 그렇다면 도영희는 다음 순서일까? 아니면…… 혹시?

"혹시 셋이 사이가 안 좋아진 계기가 있나요?"
"사이가 왜 안 좋아져? 셋은 한 번 싸우지도 않고 잘 지냈어."
"그래요? 흠…… 이남순씨도 골목에 자주 나왔었나요?"
"아무래도 나이도 있고. 최근 몇 년은 가끔 들렀지. 부동산으로 재미를 봐서 여기저기 집을 보러 다닌다는 얘기는 나도 들었어. 하여튼 아까도 내가 말했지만, 이거는 결코 우연이 아니라고. 둘이 차례로 죽은 거는 분명히 뭔가 연관이 있다는 얘기지. 지금 아가씨들이 난리가 났어."
"왜요?"
"이 작은 골목에서 사람이 둘이나 죽어 나갔잖아. 게다가 처음에는 삼촌, 그다음엔 이모, 그다음엔 아가씨 차례라는 소문도 돌고 있어."

성태의 말을 듣고 보니 그렇기도 했다. 삼촌과 이모가 한 명씩 죽었으니 다음엔 아가씨다? 문득 미선의 파리한 얼굴이 떠올랐다. 그녀의 작고 붉은 방과 긴 손가락도 어른거렸다. 뼈다귀 해장국이 나왔다. 첫술을 뜨기 전에 성태는 애원하는 표정으로 말했다.

"얼른 잡아줘. 가뜩이나 손님 끊긴 골목, 완전히 망하기 전에."
"네. 최선을 다해 수사하겠습니다."

아직 범인이 누구인지는 알 수 없었지만 제일 먼저 누구를 만나야 할지는 확실히 알았다.

—

도영희는 순순히 전화를 받고 만나겠다고 했다. 경찰서에 출두하겠다는 의사도 비추었지만 구형사가 골목으로 찾아가겠다고 했다.

"지금 상황으로선 꽤 유력한 용의자로 보이는데요?"

조수석에 탄 김형사가 말했다. 구형사는 동의도 부정도 하지 않고 영등포 뒷골목으로 차를 몰았다. 혼자 올 수도 있었지만 일부러 김형사와 함께 도영희를 만나고 싶었다. 혼자서는 그녀의 섬뜩한 기운에 판단이 흐려지는 기분이 들어서였다. 이남순 할머니까지 죽고 나자 골목 분위기는 한층 가라앉아 보였다. 아예 문을 닫은 가게들도 눈에 띄게 많아졌다. 저녁 일곱 시가 넘었는데 문을 연 가게가 손가락에 꼽을 정도였다.

골목 안에 차를 세운 도형사는 바로 도영희의 가게로 향했다. 걸으면서 도영희에게 전화했다.

"저 구형삽니다. 가게에 계시죠?"
"네."
"5분 안에 도착합니다."
"알겠습니다."

구형사는 전화를 끊고 걸음을 서둘렀다. 김형사가 자꾸 주변을 두리번거렸다.

"저는 아직도 서울에 이런 골목이 있다는 게 안 믿겨지네요. 요즘도 이런 데 다니는 사람들이 있나? 전부 오피나 안마로 빠지지 않았나요?"
"모르지."

구형사는 문득 궁금해졌다. 아내가 죽은 뒤로 여자를 안은 적이 없다. 여자를 원하는 마음이 들지 않았다. 언제까지 이렇게 지낼 수 있을까? 세월이 더 흐르면 여자를 안고 싶어질까? 묵직한 상념을 진 채 걷던 그의 발걸음이 한 여자의 발 앞에 멈췄다.

"어, 안녕하세요?"

그를 알아본 미선이 반갑게 인사했다. 그녀가 너무 반색해서일까? 김형사가 그녀와 구형사의 얼굴을 번갈아 보았다.

"잘 지내셨어요? 이쪽은 후배 김형삽니다."

구형사가 소개해주자 김형사와 미선이 서로 어색하게 눈인사를 나누었다. 인기척이 들렸는지 가게 안쪽의 방문이 열리고 도영희가 나왔다.

"오셨어요?"

그녀는 자기 방으로 구형사와 김형사를 안내했다. 아가씨들 방과 비슷한 크기에 프레임 없는 매트리스와 컴퓨터, TV만 있는 방이었다. 세 명이 앉자 방이 꽉 찼다.

"식사는 하셨어요?"

도영희가 물었다.

"네, 먹었습니다."

구형사가 대답했다.

"마실 거라도 좀 드세요."
"아니요. 괜찮습니다."
"제가 목이 타서 그래요. 맥주 한잔할라니까 형사님들

도 한 모금만 축이세요. 고생하시는데."

그리고는 잠시 밖에 나가더니 쟁반에 맥주 두 병과 컵 세 개, 그리고 오징어포를 담아왔다. 그녀는 맥주를 따른 잔을 두 형사의 앞에 척척 놓더니 자기 잔에도 맥주를 따르고는 한 모금 길게 들이켰다.

그 모습이 아까 만났던 김성태와 닮았다고 생각했다. 구형사도 잔을 들어 맥주를 마셨다. 그는 일부러 김성태에게 들은 내용을 모르는 척 첫 질문을 던졌다. 이 질문에 거짓말로 대답한다면 도영희에 대한 의심이 더욱 커질 터였다.

"이남순 할머니하고 잘 아시는 사인가요?"

도영희는 유난히 검은 눈동자가 커서 흰자가 별로 없는 눈으로 구형사를 물끄러미 보았다. 구형사는 김형사를 데리고 오기를 잘했다는 생각이 들었다. 혼자였다면 이렇게 좁은 방에서 이토록 끈끈한 시선을 견디기 힘들었을 거다.

"알고 오신 것 같은데 왜 그렇게 물어보세요?"

도영희의 대답에 구형사는 재빨리 전략을 수정했다. 예상했던 것보다 훨씬 더 영리한 여자다.

"원래 형사들 질문하는 방식이 이렇습니다. 알고 있는
사실들도 확인해야 하니까요."
"뭐라고들 하던가요?

"특별한 관계라고 들었습니다."
"특별하다……"

도영희는 말꼬리를 흐리면서 맥주 잔을 비웠다.

"한 잔 따라주실래요?"

그녀는 구형사 앞에 잔을 내밀었다. 구형사는 반응하지 않았다. 갑자기 조성된 팽팽한 분위기가 불편했는지 김형사가 대신 술잔을 따라주었다.

"젊은 남자가 술 따라주니까 좋으네."

도영희는 묘한 미소를 짓고는 맥주를 한 모금 더 마셨다. 그리곤 털어놓듯 이야기를 꺼냈다.

"업주하고 아가씨 사이가 특별한 사이라면, 이 골목에 특별하지 않은 사이가 있나요? 전부 업주하고 아가씨들 뿐인데. 맞아요. 20년 전, 1994년이니까 22년 전인가요? 이 골목에 들어올 때 남순 이모하고 같이 들어왔죠. 영철이도 같이. 그러다가 제가 가게를 차렸고요."
"도영철씨는 그럼 그때 이남순씨하고 헤어지고요?"
"아니요. 같이 봐줬죠. 남순 이모 가게하고 제 가게를요. 삼촌 한 명이 가게 여러 군데 일봐주는 경우는 많아요. 그때는 이 골목이 한창 북적거릴 시절이라 영철 삼촌 밑에 꼬마 삼촌들까지 몇 있었죠."

"도영희씨가 보기에는 이남순씨 사건하고 도영철씨 사건하고 연관이 있다고 보십니까?"
"네. 원한에 의한 살인이에요."

그녀의 단호한 대답에 구형사의 가슴이 서늘해졌다.

"원한을 살만한 일이 없는 사람들이라고 하지 않았나요?"
"네. 딱 한 가지 일만 빼고."

구형사는 재촉하지 않고 도영희의 다음 진술을 기다렸다. 그녀의 잔이 빈 것을 보고는 부탁도 하지 않았는데 맥주를 따라주었다. 맥주 광고라도 찍듯 천천히 잔을 비운 그녀의 입에서 무서운 이야기가 흘러나왔다.

"그 사람들, 인신매매를 했어요."

순간 좁은 방의 공기가 얼어붙는 착각이 들었다. 김형사도 바짝 긴장하는 기색이 역력했다.
구형사는 기억에 아련하게 남아있는 어린 시절의 뉴스를 떠올렸다. 1990년대 초반, 노태우 정부가 범죄와의 전쟁을 선포하던 시절이었다. 건달 깡패를 포함해 별의별 범죄자들이 검거되는 소식이 저녁 뉴스에 속속 등장했다.
지금 생각해보면 웃기는 노릇이었다. 악당 중에서도 최고 악당, 반란군의 수괴이자 학살자가 피라미 악당들을 소탕하겠다고 나선 꼴인데 그때는 국민들의 박수를 받던 정책이었다. 그 당시 깡패들의 주요 사업 중 하나가 사창가 포주들과 연계해서 벌이는 인신매매였다. 아무 죄 없는 아녀자들을 납치해 사창가에 팔아넘기는, 지금 생각하면 상상하기 어려운 범죄가 종종 일어나던 시절이었다. 지금 도영희의 입에서 나오는 말은 사반세기 전에 뉴스에서나 들어보았던 반인륜적 범죄에 대한 증언이었다. 구형사는 정신을 가다듬고 물었다.

"인신매매라고 함은, 여자들을 납치해 청량리 사창가에 팔아넘겼다는 말인가요?"
"네. 남순 이모가 자기 업소에 데리고 있기도 했고 청량리 골목의 다른 업소에도 넘겼죠. 나중에는 청량리 말고 미아리, 용산, 천호동에도 여자들을 넘긴 걸로 알고 있어요."
"얼마나요?" 김형사가 애매한 질문으로 끼어들었다.
"몇 년 동안 그랬죠. 수십 명은 될 거예요. 백 명이 넘을 수도 있고요. 주부들도 있었고 직장인 아가씨, 여대생, 심지어 여고생도 납치했어요. 남순 이모가 돈을 댔고, 영철이가 행동대장 격이었죠. 건달들 서넛이 패거리로 같이 납치에 가담했고요. 주로 밤에 인적 없는 곳에서 여자를 기절시켜 끌고 온 다음에 패거리가 돌려가면서 강간을 하고 사창가에 팔아넘기고. 주로 그런 식으로요."

도영희가 말을 멈추자 정적이 엄습했다. 김형사가 침을 넘기는 소리가 실제보다 더 크게 들렸다. 구형사는 목이 말라서 맥주를 마셨다. 그는 도영희의 눈을 똑바로 보면서 물었다.

"도영희씨도 가담을 했나요?"

도영희의 입가에 야릇한 미소가 걸렸다. 구형사가 부드럽게 그녀를 설득했다.

"솔직하게 말씀해주세요. 어차피 공소시효도 다 지난 범죄라 처벌을 받지는 않습니다."
"공소시효요? 하하하."

소리까지 내어 웃던 도영희의 표정이 차분하게 가라앉았다.

"가담이라. 피해자도 가담을 한 셈인가요?"

김형사가 구형사를 돌아보았다. 구형사는 도영희와 마주한 시선을 피할 수 없었다. '피해자'라는 세 글자가 마법의 단어처럼 구형사를 옥죄었다.

"제가 스무 두 살 때였어요. 어릴 때 집안 사정이 많이 안 좋았어요. 엄마는 제가 얼굴을 기억하기도 전에 집을 나갔고, 상이용사였던 아버지는 한쪽 다리가 없는 몸으로 매일 술을 마시고 행패를 부렸죠. 저도 어릴 때부터 참 많이도 맞으면서 버텼어요. 저는 중학교만 졸업하고 동네에 있는 목재소에서 경리 일을 봤어요. 돈을 만지는 일이 재미있기도 하고 소질이 있기도 해서 계속 일을 할 수 있었죠. 좋아하는 남자도 생겼고. 돌아보면 그때가 제 인생에서 제일 말끔한 시절이었죠."

도영희는 잠시 흐뭇한 표정을 짓더니 말을 이었다.

> "하루는 창고에서 일을 마치고 집에 돌아오는데, 밭길을 지나 마을로 들어오는 골목에서 정신을 잃었어요. 누가 머리를 때려서요. 깨보니까 처음 보는 방이었고, 그 방에서 사흘 밤낮으로 돌림을 당했어요."

가만히 듣고 있기 힘들 정도로 아픈 과거를 털어놓으면서도 도영희는 눈 한 번 깜짝하지 않았다. 나지막한 음성에도 변화가 없었다.

> "그렇게 청량리 588 골목으로 끌려왔죠. 도망갈 생각도 못하게 처음에 몇 달은 매일 협박을 당하고 맞았죠. 탈출하려고 했던 적도 몇 번 있는데 그때마다 잡혀서……"

그녀는 갑자기 자리에서 일어나더니 바지를 벗었다. 구형사과 김형사가 말릴 틈도 없이. 팬티 라인 바로 옆 허벅지에 끔찍한 흉터들이 모여 있었다. 칼자국으로 보이는 긴 흉터와 담배로 지진 자국 같은 둥근 얼룩이 뒤섞인 모습이었다. 그녀는 차분하게 다시 바지를 입고 앉았다.

> "나도 참 독한 년인 게, 이 지경이 되도록 죽고 싶다는 생각은 한 번도 한 적 없어요. 언젠가부터는 울지도 않고 손님을 받았어요. 현실을 인정한 거죠. 도망칠 길은 없겠구나. 지금처럼 핸드폰이나 인터넷이 있는 것도

아니었고 이모랑 삼촌들 감시도 심했고. 골목 자체가 거대한 감옥이나 마찬가지였어요. 한 1년 지나니까 아예 이 골목에 익숙해져버렸어요. 그리고 다른 아가씨들하고 다른 생각을 하기 시작했죠."

도영희는 구석에 치워두었던 전자담배를 꺼내 물었다. 뿌연 연기가 스멀거리며 그녀의 얼굴을 가렸다.

"돈을 벌어야겠다는 생각을 했어요. 어차피 이 골목에 들어온 이상, 돈을 벌어서 나도 업주가 되어야겠다고. 제 기억으로 그때 90년대 초반이 이 장사의 전성기였어요. 밤마다 손님이 바글바글했죠. 많을 때는 하룻밤에 열 명도 더 받았으니까. 그렇게 몇 년을 손님을 받으며 버티다가 남순 이모가 여기 영등포 골목에도 가게를 내면서 저도 따라왔죠. 이 골목에 올 때에는 제가 우리 가게에서 제일 언니였어요. 여기서 한 이삼 년 아가씨로 일하다가 그동안 모은 돈에 남순 언니 도움을 받아서 제가 아가씨들을 모아 가게를 열었죠. 그 뒤로는 형사님도 아는 데로에요. 남순 이모, 영철 삼촌, 저, 셋이 모두 따로 업주가 되어서 장사를 하면서 지금까지 왔죠."
"그렇다면, 남순 할머니하고 도영철씨가 인신매매를 한 건 언제까지입니까?"
"그건 잘 모르겠는데, 제가 믿을 수 없는 얘기 하나 할까요?"

구형사는 지금까지 들은 이야기도 충분히 놀랍다는 말을 속으로 했다. 도영희는 담배 연기를 막 뿜은 입술을 혀로 쓰윽 핥았다.

"제가 첫 여자였대요."

첫 여자? 인신매매의 첫 번째 피해자였다고?

"영철이한테 들었어요. 청량리 588에서 몇 년 같이 살다 보니 저를 납치하고 강간한 놈하고도 친해지더라고요. 처음에는 그냥 무서운 깡패 같았는데 영철이는 저보다 몇 살 어린 터라 나중에는 저한테 누나 누나 하면서 따르기도 했어요. 가끔 몸을 섞기도 했고. 정이 많이 쌓였죠. 막상 제 입장에서도 기댈 사람이 영철이하고 남순 이모밖에 없었어요. 한참 뒤에, 영등포로 온 뒤였던 것 같은데 같이 술을 마시다가 영철이가 그러더라고요. 처음 납치한 여자가 저였다고요."

구형사의 등줄기에 땀이 흘렀다. 이 골목에 얽혀있는 인간관계는 그의 이성으로는 도저히 이해할 수 없었다.
　도영철이 살해당했을 때 도영희의 보인 미묘한 반응도 그런 기괴한 관계의 반증이었으리라. 처음엔 인생을 망친 원수였다가 한 식구가 되었다가 동료로 변한 관계. 20년이 넘는 세월 동안 원재료의 맛하고는 전혀 달라진 술처럼, 골목에서 발효되어 버린 관계.

"남순 이모하고 영철이가 언제까지 그 짓을 했는지는

모르겠어요. 확실한 건 영등포로 온 뒤에는 더 이상 인신매매를 하지 않았어요. 그건 확실해요."

"어떻게 확신하죠?"

"인신매매로 들어온 애를 본 적이 없으니까요. 청량리에서 제가 떠날 때쯤까지 가끔 잡혀온 애들이 있었어요. 잡혀온 애들은 원래 몸을 팔던 애들하고는 눈빛부터가 다르죠. 제가 알아요. 저도 그랬으니까. 93년, 94년쯤 넘어오면서 경찰에서 인신매매를 하도 집요하게 단속하니까 괜히 애 하나 잘못 잡아왔다가 업주랑 삼촌이 홀라당 잡혀가서 십수 년씩 징역을 사는 일이 생기더라고요. 가게는 풍비박산이 나고. 주변에서 그 꼴을 몇 번 보니 인신매매범들도 몸을 사리기 시작한 거죠. 지금 이 골목에 있는 애들 중에는 잡아온 애들은 한 명도 없어요. 전부 몸 팔겠다고 자기 발로 온 애들이지."

구형사는 다시 맥주를 한 모금 마시면서 생각을 정리했다. 그리고 검사를 맡듯이 도영희에게 말했다.

"그러니까 이런 얘기네요. 살해된 이남순과 도영철은 1990년대 초반부터 몇 년간 인신매매 범죄를 저질렀다. 도영희씨를 시작으로 수십에서 많게는 백 명이 넘는 여자들을 납치해서 사창가에 넘겼다. 청량리 골목을 떠날 때쯤에는 인신매매를 그만두었고 영등포로 온 뒤에는 전혀 하지 않았다. 맞나요?"

도영희는 고개를 끄덕였다.

"그렇다면 도영철과 이남순이 이십몇 년 전에 인신매매를 할 때 원한을 품은 사람이 이제 와서 둘을 죽였다?"

김형사가 물었다.

"네. 저는 그렇게 생각해요. 누군가 둘에게 동시에 원한을 품을 사건은 그 시절밖에 없었을 테니까요."

도영희는 여전히 확신하고 있었다. 구형사도 그녀의 확신에 조금씩 동조하기 시작했다.
일리 있는 확신이었다. 누군가는 도영철과 이남순 때문에 인생을 망쳐버렸을 테니까. 수십에서 백 명이 넘는 피해자들, 그리고 그 피해자들의 가족은 또 얼마나 많겠는가. 납치 범죄의 법적 공소시효는 끝났다 하더라도 사람의 마음에는 공소시효가 없는 법이니까. 그러나 허점 또한 많은 추리이긴 했다.

"잘 알겠습니다. 오늘 쉽지 않은 이야기 들려주셔서 감사합니다."

구형사는 진심으로 감사를 표시하고 자리에서 일어났다.

"도움이 되었기를 바래요. 멀리 안 나갈 테니 조심해서 들어가세요."

도영희는 자리에서 일어나지도 않고 눈짓으로 인사했다. 구형사는 방문을 열고 나가기 직전에 마지막으로 물었다.

"혹시, 두렵지는 않으십니까?"
"뭐가요?"
"도영희씨하고 함께 이 골목에 온 두 명이 1주일 사이에 살해당했잖습니까."
"구형사님. 형사님 눈에는 제가 어떻게 보일지 모르겠지만 저는 지금껏 살면서 한 번도 가해자였던 적이 없어요. 바꿔 말하면 저 때문에 피해 본 사람이 없단 얘기죠. 우리 아가씨들한테 물어보세요. 제가 섭섭하게 한 적 한 번이라도 있나. 어떻게 보면 이번 사건의 범인은 제가 25년 전에 하고 싶었던 복수를 대신해준 셈이에요. 그러니 두렵진 않아요."

도영희의 눈빛은 진심을 파악하기 어려운 눈이었다. 구형사는 일단 그녀의 말을 믿기로 하고 방을 나섰다. 쇼윈도에는 미선과 동료 아가씨가 아까와 같은 자세로 앉아 있었다. 미선이 구형사를 돌아보며 물었다.

"얘기 잘하셨어요?"

"네." 구형사는 복잡한 심경을 숨기고 짧게 대답했다. 미선을 보니 도영희의 인생사가 겹쳐 보였다. 도영희의 말이 맞다면 미선은 인신매매가 아니라 제 발로 이 골목에 걸어 들어온 여자다. 납치만큼이나 무서운 생의 덫이 그녀를 이곳으로 이끌었을까?

아니면 이 여자는 그저 쉽게 돈을 벌기 위해 자기 몸을 상품으로 내놓은, 창녀의 영혼을 가진 여자일까?

"형사님. 그 소문이 진짜일까요?"

용기를 내어 묻는 미선의 눈동자에 두려움이 가득했다.

"무슨 소문이요?"

미선 옆에서 핸드폰을 보고 있던 주리가 끼어들었다.

"다음 차례는 아가씨가 될 거라고들 하던데요?"

구형사는 후우, 숨을 몰아쉬고는 어깨를 으쓱 올렸다.

"뭐라고 확신하기 어려운 상황입니다. 여하튼 더욱 안전에 신경을 써주시는 게 좋겠지요."
"비 오는 날에 또 누군가 죽을 거라는 얘기는요?"

주리의 말을 듣고 보니, 도영철이 죽은 날에도 이남순이 죽은 날에도 비가 왔다. 왜 그 사실을 간과하고 있었을까?

"너무 불안해하실 필요는 없지만 조심하는 건 나쁘지 않습니다. 당분간 가게에 안 나오는 게 제일 안전하긴 하겠지요."
"누군 이 짓 하고 싶어서 하나요?"

버릇없이 쏴붙이는 주리의 말에 구형사는 대거리를 할 뻔했다. 돈 벌 방법이 몸 파는 일밖에 없냐고. 대신 그는 목소리에 힘을 주어 일러두었다.

> "이 일 불법인 건 아시죠? 지금 살인사건 조사 중이라 그냥 넘어가지만 사실은 매춘 행위는 엄연히 불법이고 검거 대상입니다. 여기서 제가 일하는 영등포 경찰서까지 거리가 얼만지 알아요? 1.5킬로예요, 1.5킬로! 뛰어와도 10분이면 온다고요!"
> "협박하시는 거예요? 치사하게? 지금 생명의 위협을 느끼고 있는 불쌍한 시민한테?"
> "그러니까 위험한 장소에서 위험한 일을 하시지 말란 겁니다. 당분간이라도 나오지 마세요!"

구형사는 더 이상 주리와 말을 섞기 싫었다. 미선에게 시선을 돌렸다. 그녀의 눈은 여전히 두려움에 젖어 있었다.

> "미선씨도 몸조심하세요."

그는 등 뒤에 달라붙은 미선의 시선을 애써 떨쳐내면서 가게를 나왔다. 그를 따라오던 김형사가 물었다.

> "미선이라는 여자, 선배님한테 꽂혔나 봐요."
> "뭔 개소리야."

구형사는 덜컹하는 마음을 숨기고 얼버무렸다.

"선배님 보는 눈빛이 보통이 아니던데요?"

구형사는 대꾸를 하지 않고 걸음을 빨리했다. 저녁 여덟시가 훌쩍 넘었는데도 골목은 한산했다. 손님은 눈에 띄지도 않고 문을 연 가게들도 듬성듬성했다.

"썰렁하네. 하긴 자꾸 사람이 죽어나가는 골목에서 여자를 사고 싶겠냐."

김형사가 중얼거렸다.

"아까 도영희가 한 말, 어떻게 생각하냐?"
"인신매매 얘기요?"
"응."
"전 별로 가능성이 없다고 보는데요. 그게 벌써 25년 전 일인데…… 원한이 있었으면 벌써 한참 전에 복수를 했겠죠. 무슨 원한을 25년을 기다렸다가 갚아요?"

구형사는 고개를 끄덕였다. 김형사의 말도 일리가 있었다. 특히 살인은 그렇다. 복수의 감정이 최고조로 뜨거울 때 벌어지는 사건이 살인이다. 25년이라는 세월은 감정도 냉각시킨다. 원한이 있었다 해도 살인이 아닌 다른 방식으로 갚을 세월이다.

"그렇다면 별개의 사건일까?"
"살해 방법은 다르잖습니까?"
"도영철은 칼, 이남순은 목을 졸랐지. 방법은 다르지만 살해 당시 감정은 비슷한 것으로 부검 결과가 나왔어. 피의자에 대한 강한 증오가 엿보인다고. 내 생각에도 그래. 졸라게 한이 맺힌 사람이 아니면 창자가 쏟아져 나올 정도로 배를 가르지 않아. 일부러 정신이 있는 상태에서 목을 조르지도 않고."

"선배 말도 일리가 있는데…… 수사를 더 해봐야겠지만 저는 두 사건은 한데 묶어서 보면 잘 안 풀릴 것 같습니다. 개별 건으로 처리하는 게 낫지 않나 싶은데요. 사실 도영희의 진술에 무게를 둔다 해도 25년 전에 인신매매를 당한 여자들, 또 그 가족들을 지금 무슨 수로 찾겠어요?"

그 부분은 김형사의 말이 맞았다. 기록이 남아있는 것도 아니고. 그 여자들이 아직 사창가에 있을 가능성도 적다. 도영희처럼 작정하고 업주가 된 경우가 아니라면. 만약 그런 경우라면 도영철이나 이남순에게 이제 와서 복수를 할 일도 없겠지.

"좋아. 개별 수사로 가자. 내가 도영철 사건을 계속 맡을 테니까 김형사는 이남순 할머니 주변을 더 찾아봐."
"네, 선배님."

구형사는 고개를 들어 하늘을 보았다. 밤하늘에 달도 크고 별이 듬성듬성 보이는 걸 보니 오늘내일 비가 올 것 같지는 않다. 차에 김형사를 태우고 출발했다. 백미러 속에서 영등포 골목이 점점 멀어지는 모습이 왠지 아련했다.

미선은 손에 든 상장을 물끄러미 내려다보았다. 지찬이는 한 학기에도 몇 번씩 상장을 받아왔다. 미술이나 음악, 글짓기는 물론이고 오늘은 환경미화상을 받아왔다. 아이가 3학년이 되도록 미선은 학교에 찾아가 본 적이 없었다. 그런데도 아이는 늘 이렇게 100점 맞은 시험지와 상장을 들고 들어왔다. 미선이 악착같이 살아남아야 할 이유인 동시에 버티는 힘이기도 했다.

"우리 아들, 아이구 잘했다. 엄마는 지찬이 때문에 너무 행복해요."

상장이나 백 점짜리 시험지를 갖고 오는 날의 의식처럼, 미선은 아이를 꼭 안고 이마와 양쪽 뺨, 그리고 입술에 입을 맞춰주었다. 그때마다 아이는 세상에서 제일 행복한 아들이 되어 헤죽헤죽 웃었다.

의식의 마무리는 외식이었다. 외식이래봤자 세 식구가 먹고도 2만 원 안쪽으로 나오는 메뉴가 대부분이었지만. 동네 중국식당으로 간 세 식구는 짜장면 세 그릇을 시켰다. 미선은 지찬이가 밥을 먹는 모습을 물끄러미 보고만 있었다.

"엄마는 왜 안 먹어?"

입에 짜장을 잔뜩 묻힌 지찬이가 물었다.

"아, 먹어야지."

미선은 비벼놓고서는 한 젓가락을 먹고 남겨둔 짜장면을 다시 먹기 시작했다.

"엄마는 바보야. 밥 먹는 것도 까먹고."
"엄마한테 바보가 뭐야. 그런 말 쓰면 안 되지."

할머니가 핀잔을 주자 혀를 쏙 내미는 지찬이었다.
미선은 심경이 복잡했다. 처음 성매매를 시작한 뒤로 그만두고 싶다는 생각을 몇 번이나 했을까? 셀 수도 없었다. 그러나 이번만큼 절실하게 그만두고 싶었던 적은 없었다. 영등포 골목에 죽음이 서성거리고 있다. 귀신은 보이지 않아도 느낄 수 있다고 누가 말했던가. 그녀는 죽음을 느낄 수 있었다.
두려웠다. 목숨을 잃을까 봐 두려운 것이 아니라 지찬이를 더 이상 보지 못할까 봐 두려웠다. 갑자기 눈물이 흘러내렸다. 예고도 없이.

"엄마 왜 울어?"

일요일이면 하루 종일 엄마 곁에서 떨어지지도 않고 엄마 얼굴에서 시선도 뗄 줄 모르는 지찬이가 금방 엄마의 눈물을 발견했다.

"응, 매워서."
"짜장면이 매워?"

미선은 대답을 하지 못하고 냅킨으로 눈가를 찍어냈다. 그리곤 매울 턱이 없는 짜장면을 입에 밀어 넣었다.

외식을 하고 돌아온 일요일 저녁은 세 식구가 나란히 앉아 TV를 보는 시간이었다. 소파도 침대도 없이 요를 깔고 자는 원룸. 인터넷을 신청하자 사은품으로 벽에 매달아 준 TV는 컴퓨터와 함께 이 집에서 가장 비싼 물건이자 유일한 오락거리였다. 나름 민주적인 방식으로 채널을 결정했는데 먼저 할머니와 엄마가 좋아하는 드라마를 본 후에 지찬이가 좋아하는 만화를 봤다. 만화가 시작되면 미선은 컴퓨터를 했고 할머니는 한글 공부에 열중했다.

초등학교밖에 나오지 못한 지찬이 할머니는 한글을 제대로 쓰지 못 했다. 아예 문맹은 아니었지만 맞춤법이 절반 넘게 틀렸다. 평생을 그렇게 살아온 그녀는 웬일인지 작년부터 맹렬하게 한글을 공부하기 시작했다. 동네 노인복지센터에서 하는 수업을 한 번도 빠지지 않고 듣는 건 물론이고 집안에서도 틈만 나면 글씨 쓰는 연습을 하곤 했다. 지금도 그렇다. TV 화면에서 쏟아지는 시끄러운 애니메이션 대사는 아예 들리지도 않은 양 앉은뱅이 상 위에 놓인 종이에 연필로 빼곡하게 글씨를 채우고 있다.

"엄마. 눈 나빠질라."
"눈이야 좀 나빠지면 어때. 살 만큼 살았는데."
"그게 무슨 말이야. 그런 식이면 뭐 하러 이제 와서 그렇게 글을 배워? 살 만큼 살았는데."
"쓸모가 있으니까 배우지."
"어디에 쓰려고?"
"다만 편지 한 장이라도 맞춤법 안 틀리고 써보고 싶어서 그런다."

듣고 있던 지찬이가 끼어들었다.

"할머니! 편지 쓸 일 있으면 내가 대신 써줄게. 나 받아
쓰기 시험 맨날 100점 맞으니까."

할머니는 애정이 넘쳐흐르는 눈으로 손자를 보다가 끌어안고 볼을 비볐다.

"으이구 우리 예쁜 강아지. 누구 닮아서 이렇게 이쁘고
똑똑하냐?"
"진짜야 할머니. 내가 편지 대신 써줄게."
"할머니는 우리 지찬이한테 편지 써줄 건데 그 편지를
지찬이가 쓰면 어떡해. 할머니가 금방 한글 다 배워서
편지 써줄게. 맞춤법 하나도 안 틀리게."
"내가 맞춤법 틀린 거 있나 없나 검사할 거야."
"그래그래. 할머니가 공부 열심히 할게."

지찬이는 금방 TV로 눈을 돌렸다. 할머니는 돋보기를 쓴 눈으로 글자를 봐가면서 계속 글쓰기 연습에 열중했다. 미선은 이것저것 인터넷을 살피다가 한 줄의 기사 헤드라인에 시선이 멎었다. '홍등가에서 벌어진 연쇄살인사건 괴담! 삼촌, 이모, 다음은 아가씨?' 미선은 창을 닫아버렸다. 마우스를 쥔 손이 파르르 떨렸다.

미선은 지찬이를 꼭 안고 누워있었다. 일주일 중에서 그녀가 제일 좋아하는 시간이었다. 딱 하루 허락되는 아들과의 밤.

"미선이 자냐?"

마루에서 들리는 엄마의 목소리에 미선은 감고 있던 눈을 떴다. 그녀가 뭔가 이상하다는 걸 엄마도 눈치챘으리라. 미선은 잠시 망설였다. 지금 나가면 엄마의 추궁이 이어질 지도 몰랐다. 그렇다고 엄마에게 상황을 다 털어놓을 수도 없다.

미선은 그냥 눈을 감았다. 그녀는 결정의 순간이 오면 늘 이렇게 도망치는 쪽을 택했다. 그런 자신이 싫으면서도 막상 일이 닥치면 자신이 없어졌다. 그녀에게 인생은 언제나 이길 수 없는 상대였다. 더 이상 도망칠 데가 없으니 쫓아올 사람도 없다고 생각했다. 그런데 왜 이런 일까지 생기는 것일까? 불운을 타고 난 사람도 있는 것일까?

절망적인 생각에 한참 동안 잠을 이루지 못하고 있다가 겨우 졸음의 꼬리를 잡았을 즈음이었다. 코를 잡아끄는 냄새에 다시 정신이 말짱해졌다. 비 냄새였다. 아직 내리지는 않고 있지만 비가 오기 직전에 나는 냄새를 분명히 맡을 수 있었다.

―

구형사는 먹구름 가득한 하늘을 보고도, 오후부터 비가 내릴 거라는 일기예보를 듣고도 우산을 놔두고 집을 나섰다. 형사가 된

후에 생긴 습관이었다. 아주 거센 장맛비 정도가 아니면 구형사는 우산을 쓰지 않고 다녔다.

그는 CCTV 분석실로 바로 출근을 했다. 이남순 할머니가 살해되던 날 밤의 CCTV 분석이 끝났다고 아침 일찍 전화를 받았다.

"오셨어요?"

미리 와 있던 김형사가 구형사를 맞이했다.

"뭐 좀 있어?"

구형사는 분석실의 화면으로 시선을 집중했다.

"저도 지금 보고 있는데 아직까지는 딱히 의심 가는 사
람이 없어요."

김형사가 말했다.

빠른 배속으로 돌려놓은 CCTV 화면에는 아파트 현관을 드나드는 사람들이 바쁘게 움직이고 있었다. 대부분은 주민들이었고 택배 직원, 음식 배달원 등등이 간혹 보였다. 구형사는 김형사 어깨에 손을 턱 올렸다.

"김형사야. 우리끼리 봐서는 아무래도 새는 사람이 많
을 거 같다. 여기 아파트 경비 아저씨가 봐야겠네."
"네, 알겠습니다."

구형사는 자료 사본을 담은 외장하드를 들고 사무실로 돌아왔다. 몇 시간 뒤 김형사는 50대 중반의 경비원을 데리고 왔다. 그는 불안한 눈으로 사무실 안을 두리번거렸다.

"편하게 앉으세요."

구형사는 간단하게 몇 가지를 물어보았다.

"일하신지는 얼마나 되셨나요?"
"경비일 한 지는 6년째네요."
"한신아파트 105동에 오신지는요?"
"그게…… 만으로 2년이네요."
"2년이면 주민들 얼굴은 다 아시겠네요?"
"그럼요. 애들까지 다 알죠. 그런데 입구가 두 군데라서 저는 1호에서 4호 라인 주민들만 알고 5호에서 8호 라인 주민들은 잘 모를 수도 있어요."

이남순 할머니가 살았던 한신아파트는 지은지 30년이 넘은 복도식 아파트였다. 이남순 할머니는 704호. 그러나 범인이 5호에서 8호 라인 입구로 드나들었을 가능성도 충분히 있었다. 구형사는 김형사를 불러 다른 쪽 입구를 지키는 경비원도 데리고 오라고 지시했다. 그리고 앞에 앉은 경비원에게 노트북 화면을 보여주었다.

"자, 사건이 발생한 날 오후부터 사망 추정 시간 두 시간 후까지, 대략 8시간 정도 분량의 CCTV 화면입니다."

"8시간을 봐야 한다고요?"

"아니요. 8배속으로 돌릴 거니까 한 시간만 보시면 됩니다."

"아, 다행이네요. 제가 눈이 침침해서요."

"경찰 진술에서 그날 특별히 이상한 방문객은 없었다고 하셨죠?"

"네. 하루 종일 비가 내린 날이라 저도 초소에 쭉 있었거든요."

"잠깐씩 자리를 비울 때도 있으시죠?"

"네. 화장실을 가거나 순찰을 돌기도 하니까요."

"알겠습니다. 일단 보시고, 낯선 사람이 화면에 보이면 알려주세요."

구형사는 그렇게 경비원과 함께 나란히 앉아 CCTV 화면을 살펴보았다. 경비원은 가끔 눈을 비비면서도 열심히 화면을 확인했다. 구형사의 눈에 수상한 사람은 눈에 띄지 않았고 경비원도 그저 지켜볼 뿐이었다.

얼마나 지났을까? CCTV에 찍힌 시간으로 밤 열 시가 조금 지난 무렵, 경비원이 화면을 손으로 가리켰다. 구형사는 재빨리 화면을 멈췄다. 경비원의 손가락은 비옷을 입은 택배 배달원을 짚고 있었다.

"택배 아닌가요? 아까 택배를 들고 들어가던데."

구형사가 물었다.

"택배는 맞는데. 왜 이렇게 오래 걸렸지?"

경비원이 고개를 갸웃했다.

"그게 무슨 뜻인가요?"
"택배 하는 애들은 시간이 생명이기 때문에 후딱후딱 다니거든요. 특히 우리 아파트는 옛날 아파트라 차 댈 자리가 없어요. 택배차를 느긋하게 세워놓고 있을 수가 없어서 잠깐 차 세워놓고 뛰어갔다 오거든. 주인이 없으면 놓고 오거나 아님 경비실에 놓고 가고. 기껏해야 들어가서 나올 때까지 2, 3분? 그런데 이놈은 들어간 지 한참 있다가 지금 나왔잖아요."

그는 화면을 앞으로 돌려 다시 플레이시켰다. 우비를 모자까지 푹 눌러쓴 남자가 경비실 앞을 지나간 시간은 밤 10시 7분. 다시 나온 시간은 10시 22분. 15분이 걸렸다. 구형사는 책상 위의 파일에서 국과수 부검 보고서를 꺼내 사망 추정을 확인했다. 밤 10시 10분경. 마지막으로 화면에 등장한 다른 택배 배달원들이 택배를 전달하는데 걸린 시간을 재확인했다. 경비원의 말대로 길어야 3분을 넘지 않았다.

그는 정지 화면에 있는 택배남을 응시했다. 야구모자를 깊이 눌러쓰고 비옷 모자까지 뒤집어쓴 차림이라 얼굴을 얼마나 잡아낼 수 있을지 알 수 없었다. 다만 키와 체격, 모자 아래로 드러난 얼굴 형태 정도까지는 가늠할 수 있었다. 구형사는 옆에 서 있던 김형사를 툭 쳤다.

"화면 확대해달라고 해서 이놈 얼굴 최대한 따봐."
"예압!"

노트북에 연결되어 있는 외장하드를 김형사가 떼서 나갔다. 구형사의 등에 소름이 돋았다. 용의자를 확신할 때 몸에서 일어나는 본능적인 생리현상이었다.

—

연이은 살인사건으로 영등포 골목의 분위기는 피난 가기 전의 마을처럼 뒤숭숭했다. 아가씨와 이모, 삼촌들 모두 소리 내어 웃는 이가 없었다. 붉은 골목에 스멀거리는 죽음의 그림자가 혹여 자신에게 가까이 다가와 있지는 않은지 두려워하는 눈치들이었다.

골목에 남은 삼촌들이 한자리에 모였다. 성태, 민식, 보현. 시절이 좋을 때는 열 명도 넘었는데 골목이 쇠락하면서 네 명으로 줄었던 삼촌들 중에 영철이 죽고 이제 셋만 남았다. 셋은 골목 입구에서 멀지 않은 편의점 간이 테이블에서 맥주를 마셨다. 무심하게 뜯어 놓은 자갈치 과자 한 봉지가 안주였다. 점점 어두워지는 초저녁 하늘을 향해 보현이 침을 카악 모아 뱉었다.

"일이 꼬일라니까 아주 더럽게 꼬이네 씨발. 형님들. 나는 여기서 짱 박히면 안 되는 사람이에요. 자꾸 이렇게 시끄러운 일 생기면 곤란한데."
"조폭이라고 자랑하냐?"

나이가 제일 많은 성태는 보현을 어린놈이라며 항상 얕보았다.

"포주보다는 조폭이 낫죠."
"너는 조폭 포주여."
"잠깐 와 있는 거라니까요?"

맥주를 홀짝이며 과자를 집어먹던 민식이 보현을 보며 히죽 웃었다.

"나는 보현이가 좋다."
"병신 염병……."

보현은 대놓고 민식을 병신이라고 불렀다. 인상까지 팍 쓰면서. 그러면 민식은 잔뜩 겁을 먹고 고개를 떨어뜨렸다.

"너는 모르겠지만 이 골목에 있는 사람들, 전부 과거가 구구절절 기구한 사람들이여. 내가 보기에 이번에 두 사건은 분명히 옛날부터 원한이 있는 놈의 짓이여."

성태가 말했다.

"알고 싶지도 않아요."

보현의 삐딱한 반응에도 아랑곳하지 않고 성태가 계속했다.

"요즘 여기 들락거리는 형사한테도 내가 단단히 말을 해놨는데, 보현이 오기 전에, 아니 민식이도 오기 전에 도영철이하고 도영희하고 이남순이하고 한 식구로 같이 들어왔었어."

보현의 눈이 번쩍 뜨였다. 성태는 의기양양해졌다.

"청량리 588출신이지. 내 말은 거기서부터 엮인 놈이 범인일 거다 이 말이여. 아니면 도영철이하고 이남순이를 연달아 죽일 일이 없지. 여기 와서는 얼마 안 있어서 둘이 따로 업소를 했으니까."
"형님 얘기는, 이제 이 골목에서 살인사건이 또 난다면 도영희가 타겟이다?"

성태는 천천히 고개를 끄덕이며 중얼거렸다.

"그런데 그년은 눈도 깜짝하지 않더라고. 내 생각에는……"

차마 자신의 추리를 꺼내지 못하는 성태를 대신해 보현이 끼어들었다.

"도영희가 범인이다?"

성태는 긍정도 부정도 하지 않고 종이컵에 따른 맥주를 홀짝 비웠다. 듣고 있던 민식이 펄쩍 뛰었다.

"아니에요. 영희 누나는 절대 그럴 사람이 아니에요. 영희 누나하고 영철이 삼촌하고 서로 좋아하고 연애도 했는데."

보현이 혀를 끌끌 찼다.

"병신 새끼. 지랄 염병……"

보현은 담배에 불을 붙이고 한 모금 길게 빨았다. 그리곤 민식에게 물었다.

"야, 병신아. 너는 아가씨들이 가끔 꽁씹 시켜주디?"

민식은 그 소리가 웃긴지 헤죽헤죽 웃었다.

"어? 이 새끼, 가끔 얻어먹고 다니나 본데? 알고 보면
이 새끼 골목에 아가씨들 다 타 본 거 아냐? 엉?"
"아니에요. 그렇지 않아요."
"너 누구랑 해봤어? 어? 현정이? 수지? 민영이?"

민식은 말해주기 싫다는 듯 고개를 도리도리 흔들었다.

"으이구 병신아. 안 궁금해 인마."

성태는 보현과 민식이 툭탁거리는 모습을 보며 한숨을 길게 쉬었다.

오빠들의 숫자가 부쩍 줄었다. 도영철이 죽은 현장에 쳐놓는 폴리스라인 때문일 수도 있고 으스스한 분위기가 손님들에게도 느껴지는 것일지도 몰랐다. 오빠들이 줄자 문을 닫는 가게들도 늘어났다. 문을 열어놓고 밤을 새봤자 수지타산이 안 맞을 때는 몸이라도 축나지 않게 쉬는 게 상책이다. 예전에 메르스 사태가 닥쳤을 때도 한 달이 넘도록 문을 닫은 가게들이 태반이었다.

도영희는 영업을 계속했다. 미선도 불안한 마음을 누르고 가게를 지켰다. 일을 못하겠다고 하면 쉬라고 할 도영희였으나 그러고 싶지 않았다. 돈 때문이었다. 그러나 오늘은 해도 너무 한다는 푸념이 나올 정도로 손님이 없었다. 밤 열 시가 넘도록 한 명도 그녀를 찾지 않았다. 가게에 오는 손님 자체가 거의 없었다. 등산복을 입은 중노인네 둘이 가게를 찾긴 했는데 한 명은 주리를 데리고 올라가고 다른 한 명은 미선이 마음에 안 들었는지 가게를 나가더니 소식이 없었다. 다른 가게에서 마음에 드는 아가씨를 만난 모양이었다. 이럴 때는 이중적인 모욕감이 그녀를 우울하게 만들었다.

"우리 가게도 그냥 쉬는 게 나으려나?"

아까 겨우 손님 한 명을 받고는 한참을 핸드폰만 끄적거리던 주리가 중얼거렸다. 주리는 돌볼 가족도 없는 홀몸이다.

"언니는 일 쉬기 좀 그렇지?"

자기 멋대로인 것 같지만 그래도 미선의 처지를 배려해줄 때도 많아서 미선은 그녀를 좋게 보는 편이었다.

"나는 힘들지."

미선은 가게에 있을 때는 지찬이 얼굴을 떠올리지 않으려고 애썼지만 하루에도 몇 번씩 생각이 나지 않을 수가 없었다. 핸드폰에 담긴 사진을 열어보지 않는다는 철칙을 지키는 것만도 그녀에게는 굉장히 어려운 마음 단속이었다.

"어, 비 온다."

주리의 말에 정신 차리고 밖을 보니 정말 비가 내리고 있었다. 빗줄기는 굵지 않았지만 가뜩이나 한산한 골목을 더욱 쓸쓸하게 만들 것이 뻔했다. 한숨이 절로 나왔다. 미선이 눈을 감았다가 떴을 때 그녀는 헛것이 보이나 싶었다. 잠시 눈을 감았다 뜬 사이 손님이 와 있었다. 검은색 우산을 쓴 남자가 누군지 처음에는 알아보지 못했다.

"미선아. 들어가도 되지?"

공손하게 묻는 목소리를 듣고서야 최근에 그녀의 단골이 된 교수 아저씨라는 걸 알아차렸다. 이름이 뭐였더라? 김…… 뭐였는데? 미선은 이름을 기억해내려고 애쓰면서, 반갑게 인사를 건넸다.

"그럼요 오빠. 항상 양복을 입고 오시더니 갑자기 점퍼

차림이라서 못 알아볼 뻔했어요."

그는 검은색 점퍼에 등산복 바지를 입고 있었다. 양복을 입었을 때는 지적인 느낌이 물씬 났지만 겨우 옷만 바꿔 입었는데도 인상이 확 달라졌다.

"오늘은 웬일로 양복을 벗으셨대?"

옆에 앉은 주리가 농담처럼 물었다. 남자는 빙긋 웃으며 대답했다.

"비가 오잖아."

어딘가 남자의 느낌이 평소보다 섬뜩했다. 그래도 완전히 허탕칠 뻔한 하루를 구해준 고마운 손님이었다.

"올라가요 오빠."

미선은 남자의 팔짱을 끼고 가게 안으로 인도했다.

구형사는 막 잠을 청하려던 참이었다. 침대에 들어가려다가 창틈으로 스미는 빗소리에 창문을 열었다. 비가 오고 있다. 일기예보에서는 오후부터 비가 내릴 거라고 했는데 밤이 되어 쏟아지기 시작했다.

그는 비가 올 때마다 영등포 골목의 사람들이 죽어나갔다는 사실을 떠올렸다. 물론 우연일 확률이 높았지만 맘 편하게 잠이 올 것 같지도 않았다. 그는 최대한 편한 외출복으로 갈아입고 책상 서랍에서 칼집 채 칼을 꺼내 허리에 찼다. 아내의 결혼 1주년 선물. 형사가 무슨 칼이냐고 하자 아내는 이렇게 말했다.

'나쁜 놈들은 무기 들고 덤비는데 당신만 맨손으로 싸울 거야? 근무 시간 아닐 때는 총도 휴대 못하잖아. 위급할 때 갖고 다녀.'

선물 받은 칼은 서랍에만 넣어두다가 아내가 떠난 뒤에야 가끔 갖고 다녔다. 실제로 쓴 적은 한 번도 없지만. 핸드폰을 들고 김 형사를 부를까 말까 망설였다. 생각해보니 김형사는 어제 당직을 서고 아침에 퇴근했다. 됐어. 혼자 산책 간다고 치자. 마지막으로 비옷을 걸치고, 구형사는 집을 나섰다.

—

오늘은 남자의 행동이 달랐다. 전에는 옷을 벗고 얌전히 섹스를 했지만 이번에는 그녀보고 옷을 벗겨달라고 먼저 주문했다. 미선은 손님이 시키는 대로 했다. 이 정도 서비스쯤이야. 완전히 허탕칠 뻔한 하루를 구해준 단골인데. 그런데 남자의 이름이 죽어도 기억나지 않았다. 지난번에 이름을 서로 주고받았다. 김씨인 건 분명한데.

남자는 그녀의 이름을 정확히 기억하고 있었다. 말을 할 때마다 그녀의 이름을 또박또박 불렀다. 왠지 남자가 자기 이름을 아냐고 물어볼 것만 같아서 미선은 내내 신경이 쓰였다. 미선은 남자 앞에 무릎을 꿇고 팬티까지 다 벗겨주었다. 50대 후반 남자의 축 처진 몸이 볼품없이 늘어져 있었다. 그녀가 일어서려고 하는데 남자가 그녀의 어깨를 잡으며 말했다.

"빨아줄래?"

붉은 조명 속에 서 있는 남자의 눈이 뱀처럼 번들거렸다. 미선은 소름이 끼쳤다. 처음 왔을 때부터 남자는 친절한 듯 보이면서 기분이 나쁜 인상이었다. 왜 그런가 했더니 이제 보니 눈 때문이었다.

"누워요 오빠. 누워서 서비스해드릴게요."
"그냥 이 자세로 해줘. 단골손님이잖아. 이 정도는 해줄
수 있지 않아?"

남자의 손은 여전히 미선의 어깨를 누르고 있었다. 그녀는 어중간하게 무릎을 꿇은 자세였다. 눈앞에 있는 남자의 성기 주변의 덤불은 군데군데 허옇게 새어있었.

"누우시면 더 잘해드릴게요."
"그냥 해줘."

남자는 고집을 꺾을 생각이 없어 보였다. 미선에게는 두 가지 선택이 있었다. 남자의 요구를 들어주거나, 남자의 요구를 거절하거나. 전자의 경우에는 별일이 없겠지만 후자의 경우에는 몇 가지 문제가 발생한다. 남자가 거칠게 항의할 경우 이모를 불러야 하거나 환불을 해줘야 할 수도 있었다. 영철 삼촌이 있었다면 결

정하기가 쉬웠을 텐데.

　미선은 힘없이 늘어진 늙은 남성을 입에 물었다. 사실 이 정도 요구는 약과이긴 했다. 오럴 섹스에 관해 얘기하자면 이런 손님도 있었다. 자신의 취향을 아주 자세하게 설명해주면서 썼던 표현을 잊을 수 없었다.

　'나는 리코더를 부는 식이 아니라 플룻을 부는 식으로 빨아줘야 해.'

지금 이 남자처럼 무릎을 꿇고 서비스를 해달라는 손님도 몇 번 있었다. 그때마다 미선이 거부감을 느꼈던 건 아니었다. 수많은 남자를 겪다 보니 여자의 직감보다 감도가 더 예민한 아가씨의 직감이 발달되었다. 뭔가 기분이 찜찜한 손님은 어김 없이 진상으로 판명 나기 마련이었다. 이 남자 손님도 그랬다. 순진한 교수라고 성적 취향마저 고상한 건 아니니까. 처음엔 웃는 얼굴로 시작했다가 사정을 하기 직전에 얼굴을 침을 뱉었던 남자도 있었고, 꼬박꼬박 존댓말을 쓰다가 행위 중간에 차마 입에 담기도 섬뜩한 쌍욕을 퍼붓는 놈도 있었다. 대부분 눈을 보면 대충 사이즈가 나왔는데, 지금 이 남자의 눈에는 불안한 기운이 충만했다. 남자의 물건이 꿈틀 꿈틀 입안에 차올랐다. 미선은 콘돔을 끼우고 보통 때보다 더 친절하게 남자를 대했다.

　"이제 침대로 올라가요 오빠."

남자는 빙긋 웃더니 미선을 침대에 눕혔다. 그리고는 기분 나쁜 미소를 유지한 채로 미선의 몸에 들어왔다. 스산한 이물감이 오늘따라 더욱 아프게 그녀를 찔렀다.

"미선아."

남자는 허리를 움직이면서 그녀의 이름을 다정하게 불렀다.

"네 오빠."
"우리 내기 하나 할까?"
"무슨 내기요?"
"아주 쉬운 내기야."

미선은 행위 중에 이런 대화를 나누는 게 싫었다. 얼른 대화를 끝내고 싶었다.

"말해 봐요 오빠."
"내가 아주아주 쉬운 문제를 하나 낼 거야. 맞추면 보너스로 한 타임 돈을 그냥 주고 틀리면 서비스로 한 타임을 더 해주는 거야."

간단한 제안이었다. 맞추면 7만 원을 주고 틀리면 공짜로 한 번 더 하겠다는 것. 그러나 무슨 문제를 낼지를 알 수 없었다.

"오빠 저 퀴즈 잘 못 해요."
"너무 쉬운 문제인걸? 틀리고 싶어도 틀릴 수가 없는 문제야."

위에서 그녀를 내려다보고 있는 남자의 눈이 희번덕거렸다. 깔려있는 미선의 등에 소름이 돋았다.

"오빠…… 이러지 마요."

미선은 자기도 모르게 울상이 되어 버렸다.

"너 내가 싫으니?"
"오빠……"
"나는 너한테 잘한다고 생각했는데."
"잘하고 못하고가 어디 있어요."
"그냥 손님이다?"
"오빠……"

미선의 몸을 쿵쿵 밀어붙이던 남자의 허리에 힘이 들어갔다. 분노와 폭력의 징후가 응축된 힘이었다. 미선은 눈을 꼭 감고 기도했다. 돌발 행동을 하기 전에 사정하기를.
　　남자는 늘 규칙적으로 사정을 했다. 15분짜리 타이머를 2분 남겨놓고. 미선은 직감적으로 알았다. 이미 그 시간은 지났음을. 이제 곧 타이머가 울릴 시간이었다. 타이머가 울리면 남자는 사정을 포기할까? 추가 금액을 낼까?
　　남자는 화가 난 얼굴로 사정없이 미선을 밀어붙이고 있었다. 아팠다. 아프게 하는 손님이 처음은 아니었지만, 폭력적인 섹스는 적응이 안 된다. 남자와 눈이 마주치기 싫어서 눈을 꼭 감아버렸다. 곧이어 찌르르 타이머 소리가 들렸다. 미선은 눈을 떴다.

"오빠. 시간 다 됐어요. 연애 더 하시려면 시간 추가하
셔야 되요."
"응. 할게."
"선불이에요."

미선이 그 말을 하자 남자의 허리가 딱 멈췄다. 미선의 심장도
덜컥 멎는 줄 알았다. 남자의 시선이 섬뜩해서. 외롭고 친절하고
똑똑한 교수님의 모습은 온데간데없었다.

"너도 결국은 돈이냐?"

미선은 남자에게서 떨어진 뒤 두 손으로 가슴을 가렸다. 무슨 말
을 해도 남자가 기분 나쁘게 들을 태세여서 말을 않고 가만히 있
었다. 남자는 옷걸이에 걸어놓은 점퍼에서 지갑을 꺼내더니 5만
원짜리 한 장과 만 원짜리 두 장을 꺼내 화장대에 올려놓았다.

"됐냐?"

그리곤 다시 침대로 올라와서 거칠게 미선의 몸으로 파고들었
다. 미선은 아가씨, 이모, 삼촌 모두 합쳐서 이 골목에서 욕을 하
지 않는 유일한 사람이었다. 아마 그녀가 욕을 할 줄 알았다면
이렇게 중얼거렸을지도 몰랐다. 좆 됐다. 그녀의 기분이었다. 다
시 행위를 시작한 남자는 거칠게 미선을 밀어붙이면서 또 대화
를 시도했다.

"문제 낼게."

"저 퀴즈 못한다니까요."
"퀴즈 아니야. 벌써 돈을 줬잖아. 그냥 문제만 내는 거야."
"알겠어요. 물어보세요."
"내 이름이 뭐야?"

이럴 줄 알았어. 미선은 가슴이 덜컥 내려앉았다. 왜 불안한 예감은 틀리는 법이 없을까? 미선은 남자의 눈을 피한 채 입을 다물었다. 도저히 남자의 눈을 쳐다볼 용기가 없었다.

"말해 봐. 너무 쉬운 문제잖아."
"오빠. 제가 이름을 잘 기억 못 해서요."

남자는 예상과 달리 크게 화내지 않고 피식 웃었다. 그리고는 갑자기 물건을 빼더니 미선의 몸 위로 사정해버렸다. 희멀건 정액이 젖가슴과 얼굴까지 튀었다.

"오빠! 이러면 어떡해요! 진짜. 아휴."

불평하는 미선을 무시한 채 남자는 침대에서 몸을 일으켜 옷을 입었다. 미선은 물티슈로 몸과 얼굴을 닦아냈다. 스스로를 위로하면서. 이 정도로 끝나서 다행이야. 뭔가 느낌이 심상치 않았는데. 미선도 벗어놓은 속옷과 치마를 입었다. 옷을 다 입은 남자가 갑자기 미선에게 다가오더니 그녀의 목을 움켜쥐었다.

"크억."

미선의 입에서 쥐어짜는 신음소리가 흘러나왔다. 남자는 비릿하게 웃었다.

"씨발 창녀 년아. 내가 병신 같냐? 너도 내가 핫바지로 보이냐고?"

미선은 머리가 하얘졌다. 분노가 더해진 남자의 아귀힘은 미선의 목을 뜯어버릴 듯 집요했다.

"걸레 년이 인격적으로 대우해줬으면 걸맞게 행동을 해야지. 너도 그저 돈, 돈, 돈이야?"

미선은 팔다리를 버둥거렸다. 남자의 팔을 긁고 떼어 내려고 했지만 점퍼를 입은 터라 손톱으로 상처를 낼 수도 없었다. 허우적대던 그녀의 손에 뭔가 단단한 물건이 잡혔다. 그게 뭔지도 모르고 미선은 남자의 머리통을 때려버렸다.

"아악!"

남자는 비명을 지르며 휘청거렸다. 그 바람에 미선의 목을 조르던 손이 풀렸다. 미선은 죽을힘을 다해 남자를 밀치고 방에서 도망가려고 했다. 그녀가 문을 열고 막 나가려는데, 남자가 그녀의 머리채를 낚아챘다.

"으악!"

미선은 외마디 비명을 지르며 쓰러졌다.

"개 좆같은 창녀 년이!"

남자는 무자비하게 미선의 몸을 걷어찼다. 술 취한 손님에게 몇 번 맞은 적이 있었다. 이 정도는 아니었고, 그때마다 영철 삼촌이 뛰어 올라와서 손님을 끌어냈다. 그런데 지금 영철 삼촌은 없고 이 새끼는 완전히 미쳤다.

"이게 무슨 짓이야!"

문이 벌컥 열리고 영희 이모의 찢어지는 고함 소리가 들렸다. 그 기억을 마지막으로 미선은 정신을 놓아버렸다. 캄캄한 암흑이 찾아왔다.

—

아내가 떠난 뒤로 담배를 끊었다. 연애할 때부터 그녀의 소원이었는데.

'형사 일도 위험한데 담배까지 피우면 어떡해.'

아내가 자신의 생일 선물로 항상 주문했던 것도 그의 금연이었다. 그런데 정작 구형사는 그녀가 떠난 뒤에 담배를 끊었다. 신기한 일이었다. 고등학교에 들어오면서부터 시작해 15년을 넘게 피운 담배를, 아내가 그렇게 부탁해도 끊지 못하던 담배를 단번에 끊은 뒤로는 다신 찾지 않았다.

요 며칠 새 담배 생각이 간혹 났다. 바로 이 골목을 찾을 때마다. 비 내리는 영등포 골목은 더욱 강렬한 이미지를 분출하고 있었다. 골목 오른쪽의 타임스퀘어 빌딩은 샤워를 하는 청년처럼 늠름했지만 홍등가의 2층, 3층 건물은 쭈그려 앉아 비를 맞고 있는 노파처럼 후줄근했다. 빗줄기에 가린 붉은 불빛은 다른 때보다 더 음침해 보였다. 형사인 그조차도 선뜻 들어가고 싶지 않은, 음험한 동굴 같았다. 빨간 눈을 가진 흡혈박쥐들이 주렁주렁 매달려 있는.

입구에서 한눈에 봐도 손님은 거의 보이지 않았다. 텅 빈 골목에는 차도 한 대 다니지 않았다. 연속된 두 번의 살인사건 이후 문을 닫은 가게들도 많았다. 비가 올 때마다 이 골목의 사람이 죽어 나갔다. 두 명으로는 비와 연관성이 있다고 말하기 어렵다. 범행 장소도 다르고. 도영철은 이 골목에서 죽었지만 이남순은 전혀 상관없는 강남의 아파트에서 죽었으니까. 그러나 오늘 또 이 골목의 사람이 죽는다면, 장소가 어디든 비와 연관성을 부인할 수 없게 되어 버리는 것이었다. 그리고 만약 또 살인사건이 벌어진다면 여전히 이 골목이 가장 유력한 장소다. 그래서 구 형사가 찾아온 것이었다.

그는 골목 입구에서 쉬이 발걸음을 옮기지 못 했다. 몇 번이나 들락거렸던 골목이지만 오늘따라 왠지 들어가기가 내키지 않았다. 빗줄기 속으로 뿌옇게 번져있는 붉은빛이 몸에 묻어서 뭔가를 오염시킬 것 같은 착각도 들었다. 그는 심호흡을 하고 골목 안으로 걸어 들어갔다. 골목 사람들의 질척이는 인생사 속으로 걸어 들어가는 기분이었다. 인신매매로 끌려와 집단 성폭행을 당하고 창녀로 살다가 업주가 된 여인. 조직에서 밀려나 업소를 맡은 어린 조폭, 어디서 흘러들어왔는지 알 수도 없는 동네 바보, 그리고 아내의 손을 닮은 그녀까지. 구형사의 걸음걸음에 골목 사람들의 얼굴이 밟혔다.

　골목 중간쯤 갔을까? 숨 가쁜 발소리가 그의 귀를 잡아끌었다. 전력질주를 하며 젖은 땅을 박차는 소리였다. 이 골목에서는 아무도 뛰지 않는다는 사실을 구형사는 기억해냈다. 형사의 본능적인 촉이 움직이자 몸도 빠르게 움직였다. 그는 발소리가 나는 곳으로 달렸다. 오래 걸리지도 않았다. 발소리가 점점 구형사 쪽으로 다가왔으니까. 위험하다. 그는 허리춤에 찬 칼집에서 칼을 빼내야 한다고 생각했다. 그러나 행동으로 옮기기 전에 달려온 사내가 그를 덮쳐버렸다.

　"이 새끼!"

구형사는 소리를 지르며 몸을 피하려고 했지만 전속력으로 달려온 가속도까지 붙은 사내의 몸에 튕겨져 나가고 말았다. 벽에 등을 부딪치고 쓰러지는 사이 사내는 옆으로 빠지는 골목으로 사라져버렸다. 구형사는 자리에서 일어나려고 했지만 넘어지면서 다리를 삐었는지 통증이 시큰하게 발목을 찔렀다.

　"이런 씨발."

욕설을 진통제 삼아 겨우 일어난 그는 달리기 시작했다. 달리다보니 발목의 통증은 잊혀졌다. 자고 일어나면 몇 배로 부어 있을 게 뻔했지만 지금은 놈을 잡는 게 우선이었다. 그는 사라진 발자국 소리에 귀를 기울이며 골목 뒤졌다. 거센 빗줄기 때문에 소리가 들리지 않았다.

"어디 있는 거야……"

구형사는 칼을 빼들었다. 실제로 칼을 쓸 일이 오리라고는 생각해본 적 없었는데. 한 손에는 칼을 든 구형사는 애타는 마음으로 놈을 쫓으면서, 아까 순간적으로 스친 놈의 인상착의를 되새기려고 애썼다.

검은색 점퍼에 우비 차림, 야구 모자를 눌러쓰고 있었다. 키는 175센티쯤 되려나? 그리 큰 체구는 아니었다. 아, 놈은 운동화를 신고 있었다. 눈으로 본 건 아니지만 발자국 소리로 알 수 있었다. 구형사를 여기로 이끈 발소리는 구두의 딱딱한 굽 소리가 아니라 고무창이 바닥과 닿는 소리였다. 골목 모퉁이에서 뭔가 이상한 기척이 느껴졌다. 놈이 숨어 있는 걸까? 구형사는 칼을 쥔 손에 힘을 주면서 조심스럽게 모퉁이를 돌았다. 부웅, 소리와 함께 머리에 뭔가 날아들었다. 알루미늄 야구배트였다. 까딱했으면 머리를 맞고 그대로 쓰러질 뻔했다. 구형사는 배트를 든 남자에게 칼을 들이댔다.

"꼼짝 마! 경찰이다!"

그러자 남자가 배트를 땅에 떨어뜨리고 두 손을 들었다.

"아이고 형사님이셨네요. 큰일 날 뻔했네요."

가로등 불빛에 비친 얼굴을 확인해보니 전에 만난 적이 있는 성태 삼촌이었다. 그에게 물었다.

"혹시 골목에서 뛰어가는 이상한 놈 못 보셨어요?"
"저는 도영희네 집에서 진상 손님 하나가 아가씨를 폭행하고 튀었다고 해서 잡으려고 나온 길입니다."
"아…… 그럼 아까 그놈이……"

연쇄살인범이 아니었나 보다. 아직은 모른다. 아까 부딪힌 남자가 연쇄살인범인지, 성태 삼촌이 쫓고 있던 진상 손님인지, 아니면 둘이 동일 인물일지도. 구형사는 골목에 흉흉하게 떠돈다는 소문을 떠올렸다. 삼촌, 이모가 죽고 다음 차례는 아가씨. 그렇다면 아가씨를 죽이려다가 실패하고 도망치는 중에 나하고 맞닥뜨린 것일까? 그런데 잠깐만, 도영희의 가게라면 미선이 있는 곳인데?

"아가씨가 폭행당했다고요? 윤미선씨요?"

성태는 구형사가 아가씨 이름을 안다는 게 신기한 듯 눈을 굴렸다.

"어느 아가씨인지는 모르겠고요. 많이 다쳤는지, 도영희가 난리가 났더라고요."
"지금 가보죠."

구형사는 칼을 칼집에 넣고 다시 걸음을 옮겼다.
　　미선의 가게까지 가는 5분도 안 걸렸지만 구형사는 입술이 바싹 마르는 기분이었다. 쇼윈도가 텅 비어 있는 가게 위로 올라가자 도영희와 주리, 그리고 민식이 삼촌까지 모여 있었다. 구형사가 뛰어올라오자 다들 그를 돌아보았다.

"폭행 사건이 있었다고요?"

침대 위에 누워있던 미선과 눈이 마주쳤다. 맙소사. 그녀의 얼굴은 말이 아니었다. 검푸르게 부은 눈과 찢어진 입술, 그리고 코피가 심한지 콧구멍을 틀어막은 휴지가 피투성이였다. 분노가 치밀었다.

"대체 누가 이런 겁니까?"

도영희가 침착하게 말했다.

"요즘 들어 자주 오던 단골 있어요. 무슨 어디 대학교수라나 봐요. 그 새끼, 내가 딱 봐도 눈빛이 안 좋았는데 결국 이렇게 사고를 치네."
"이름이나 연락처는 모르고요?" 구형사가 핸드폰 메모장을 꺼내며 물었다.
"이름 알아요."

누워있던 미선의 목소리였다. 다들 그녀에게로 시선을 옮겼다.

"아까는 기억이 안 났어요. 사실 이름을 몰라서 이 지경이 된 건데. 웃기게도 실컷 맞고 나니까 생각이 나네요."
"이름이 뭡니까?"

구형사가 그녀에게 바짝 다가가서 물었다.

"김학선이요."

구형사는 메모장에 이름 석 자를 적었다.

"나이는요?"
"정확히는 모르겠는데…… 쉰여섯이라고 했나? 딸이 서른 살이라고 했던 건 정확히 기억나요."

구형사는 골목에서 본 남자를 떠올렸다. 얼굴을 제대로 보지 못해 나이는 가늠할 수 없었다. 그런데 부딪힐 때의 느낌이 50대 후반 같진 않았다. 뭐랄까, 몸 관리를 꾸준히 해 온, 더 단단하고 젊은 느낌이랄까.

"인상착의는요?"

미선 대신 주리가 끼어들었다.

"검은색 점퍼에 어두운색 바지를 입었어요. 아, 우산을 안 쓰고 우비를 입었고요."

인상착의는 맞다. 구형사가 본 남자와 같았다. 물론 그 남자가 연쇄살인범이라고 단정할 순 없지만 그래도 어떻게든 신원을 확보해 볼 셈이다.

구형사는 핸드폰 메모장을 끄고 한숨을 쉬었다. 피멍이 든 채 쓰러져 있는 미선을 보니 격렬한 감정이 가슴을 쿵쿵 때렸다.

그의 가슴을 두들기는 감정을 단순히 분노라고 한정 지을 수는 없었다. 화가 나고, 또 슬펐다. 답답하기도 했다.

위험하다고 경고도 했는데. 이 골목을 떠나라고 몇 번이나 사인을 주지 않았나. 그런데도 미련하게 결국 이 꼴을 당하고 말다니.

침대에 누운 미선의 곁에 어정쩡하게 서 있는 골목 사람들도 마음에 안 들긴 마찬가지였다. 도영희, 성태 삼촌, 민식이 삼촌, 모두 다 괴이한 인간들이다. 제정신이 아니다. 하긴 제정신으로 어떻게 이 골목에서 산단 말인가? 비만 오면 사람이 죽어 나가는 골목에서 몸을 팔면서.

인간적인 감정과는 별도로 형사로서의 추리가 발동했다. 미선을 폭행한 남자가 연쇄살인범일까? 아까 골목에서 부딪힌 남자와도 동일인물?

골목에서 넘어졌던 일을 떠올리니 잊고 있었던 발목 통증이 날카롭게 쑤시고 들어왔다.

"미선씨."

구형사가 미선을 불렀다.

"지금 정신이 없으시겠지만, 상황이 상황인 만큼 최대한 잘 생각해서서 대답해주세요. 미선씨를 폭행한 사람이 미선씨를 죽이려고 했나요?"

미선은 잠시 생각하다가, 퉁퉁 붓고 찢어진 입술로 대답했다.

"그건 아닌 거 같아요. 즉흥적으로 분을 못 이기고 그런
것처럼 보였어요."
"계획적으로 작정하고 폭행한 것 같지는 않다?"
"네."

그러자 옆에서 듣고 있던 성태 삼촌이 끼어들었다.

"영철이하고 남순 누나를 해친 놈은 아닐 거여."

도영희도 말을 보탰다.

"모르는 일이에요."
"무섭다. 진짜 무섭다."

민식이 삼촌까지 애처럼 겁을 집어먹고 흥분했다. 좁은 방 안이 금방 시끄러워졌다. 이대로 있다간 돌아버릴 것 같은 기분에 구 형사가 현장을 정리했다.

"자 일단 미선씨는 병원으로 가세요. 누가 데려다주실
분 있나요?"
"아니에요. 병원에 가봤자 약이나 바를 텐데요. 며칠 쉬
면 괜찮아지겠죠." 미선이 손사래를 쳤다.
"쉬어요? 어디서요? 여기서? 연쇄살인범이 돌아다니는
이 골목에서?"
"밤에는 방문 잠그고 있을게요."
"미선씨. 말 좀 들어요! 그때 제가 그만두라고 했을 때

그만뒀으면 이런 일도 없었을 거 아닙니까? 아 진짜 씨발. 위험하다니까, 왜 말을 안 들어요!"

구형사는 자기도 모르게 소리를 질렀다. 미선을 잡아끌고 나갈 태세였다. 그러자 도영희가 그의 막을 가로막았다.

"형사님. 우리 아가씨 걱정해주시는 건 고마운데 여기도 여기만의 룰이 있어요."
"룰이요? 무슨 룰이요? 깽판 치는 손님은 삼촌이 정리한다는 룰이요? 빠구리 한 번에 7만 원이라는 룰이요?"

구형사는 화를 누르지 못하고 소리를 질렀다.
구형사를 보고 있던 미선의 눈빛이 막막하게 흐려졌다. 마치 눈앞에서 칼에 베인 사람처럼, 그녀는 구형사가 보는 앞에서 상처 입고 무너져 내렸다. 그녀를 무너뜨린 사람은 다름 아닌 구형사 본인이었다.
수습할 여유가 없었다. 마음의 여유도 없고 상황도 여유가 없다. 지금 막 연쇄살인범이 골목을 빠져나가고 있을지도 모르는 일이다.

"병원에 가든 여기 있든 마음대로 하세요."

구형사는 냉랭하게 말을 뱉고는 방에서 나와 버렸다. 일부로 들으라는 것처럼 큰소리로 욕하는 주리의 목소리가 등 뒤로 들렸다.

"워어, 저 형사 새끼 괜찮은 사람인 줄 알았더니 완전

개새끼네."

"맞다 맞다. 형사가 우리를 보호해줘야지. 나쁜 사람이다."

민식이 삼촌의 흥분한 소리도 들렸다.

구형사는 계단 중간에서 멈춰서 혹시 미선이 말하는 소리가 들리지 않을까 기다렸다. 끝내 미선은 입을 열지 않았다. 그는 한숨을 남기고 가게를 떠났다.

빗줄기는 여전했다. 인적 없는 홍등가에 쏟아지는 빗줄기가 마치 핏빛처럼 언뜻 보이는 착시 현상이 구형사의 눈을 어지럽혔다.

그는 비옷 모자를 덮어쓰고 골목으로 나섰다. 아까 골목에서 마주쳤던 사내의 동선을 역으로 따라가 볼 참이었다. 남자와 부딪쳤던 곳으로 향하던 길에 이상한 점을 발견했다.

남자와 부딪힌 위치는 골목 전체로 보자면 중간쯤이었다. 골목의 양쪽 입구를 타임스퀘어 지하주차장 쪽 입구와 영등포역 쪽의 입구로 구분한다면, 구형사는 보통 경찰서에서 올 때는 타임스퀘어 지하주차장 쪽 입구로 골목에 들어왔지만 오늘은 집에서 오느라 영등포역 쪽 입구로 들어왔다. 미선의 가게는 영등포역쪽 입구 초입에 있었다. 아까 구형사는 미선의 가게를 지나쳐 골목 중간쯤까지 걸어왔을 때 타임스퀘어 지하주차장 쪽 입구에서부터 달려오던 발자국 소리를 들은 것이다.

아까 올 때는 정신없이 오느라 몰랐는데 생각해보니까 동선이 안 맞았다. 남자가 미선을 폭행하고 도망쳤다면 영등포역 쪽 입구 방향에서 타임스퀘어 지하주차장 쪽 입구 방향으로 달려갔어야 말이 되는데 남자는 반대 방향으로 달려왔다. 오히려 미선의 가게 쪽으로 달려오고 있었단 얘기다. 말이 안 된다.

'그렇다면 나하고 부딪혔던 남자는 미선의 폭행범이 아니란 얘긴데?'

갑자기 등골이 서늘해졌다. 구형사는 다시 칼을 빼들고 아까 남자의 이동 경로를 역으로 따라 걸었다. 거의 골목 끝, 그러니까 타임스퀘어 지하주차장 쪽 입구까지 나온 그는 혼란에 빠져버렸다.

'뭐가 어떻게 된 걸까? 아까 골목에 비슷한 인상착의를 한 남자가 둘이 있었단 얘기? 한 사람은 미선을 폭행하고 도망친 남자, 그리고 또 한 사람은 나와 부딪힌 남자. 그렇다면 나랑 부딪힌 남자는 왜 그렇게 맹렬히 달렸던 걸까?'

구형사는 아마도 남자가 달려왔을 방향과 반대로 골목을 걸어가면서 생각에 잠겼다. 갑자기 먼 하늘에 번개가 하얗게 뻗더니 천둥치는 소리가 골목을 울렸다. 천둥이 치고 나자 골목은 다시 빗소리에 잠겼다.

이어서 구형사의 정신에 천둥번개가 내리쳤다. 빗소리에 섞인 이상한 소리가 들린 것이다. 사람이나 동물이 끙끙대는 소리였다. 가쁜 숨소리 같기도 했다.

칼을 쥔 손에 힘을 주고 어둠 속으로 나아갔다. 끊어질 듯 말 듯 희미한 신음을 따라.

사창가와 붙어있는 기계 상가로 발걸음이 이어졌다. 한때는 각종 철공소와 소규모 공장들이 모여 번성했던 영등포의 대표적인 상권 중 하나였는데 공장들이 대형화되고 서울 외곽으로 빠지면서 이재는 각종 한 집 건너 한 집꼴로 버려지다시피 한 곳이었다.

아예 셔터도 닫혀있지 않고 안에 있는 각종 부품과 철물도 고스란히 녹슨 채 방치되고 있는 공장 안에서 신음소리가 들려왔다. 구형사는 문 앞에서 소리를 질렀다.

"안에 누구 있습니까? 경찰입니다!"

끙끙거리는 소리는 더 커지지도 작아지지도 않고 계속 이어졌다. 버려진 지 몇 년은 되는 것 같은 가게에 불이 켜질 리가 만무했다. 구형사는 핸드폰 플래시를 비추며 가게 안으로 들어갔다.
버려진 공구와 선반, 용도를 알 수 없는 각종 금속 부품들이 제멋대로 굴러다니고 있었다. 언제 마지막으로 썼는지 짐작하기 어려운 프레스 기계도 입을 쩍 벌린 채 멈춰 있었다.
비 오는 밤의 버려진 공장은 공포영화에나 등장할 법한 으스스함을 자아냈다. 게다가 정체를 알 수 없는 신음은 강력계 형사마저도 움츠러들게 했다.

"경찰입니다! 누구 있습니까!"

소리를 높이며 공장 안을 살피던 구형사에게 가장 먼저 감지된 것은 냄새였다. 눅눅한 비 냄새와 섞이면서 더욱 증폭된 피비린내에 머리가 띵할 지경이었다. 그리고 한 남자의 모습이 눈에 들어왔다. 벽에 등을 기대고 쓰러진 채 바들바들 떨고 있는 남자의 배에서 쿨럭쿨럭 피가 쏟아져 나오고 있었다.

"이런……"

구형사는 남자에게 달려가서 남자를 살폈다. 주위에 흥건하게 고인 피를 보니 상처가 심각했다. 구형사는 일단 119를 부르고 경찰서에도 전화를 걸어 지원을 요청했다. 그리고는 죽은 듯이 늘어진 남자의 의식을 놓치지 않으려고 계속 말을 시켰다.

"말씀을 하실 수 있겠어요?"

남자는 긍정도 부정도 하지 못한 채 그저 가느다란 숨을 내쉴 뿐이었다. 뭔가 말을 하려는 것 같기도 했다. 그러고 보니 남자의 입에 뭔가가 재갈이 물려 있었다. 구형사는 남자 입을 틀어막고 있던 천 덩어리를 빼냈다. 양말이었다.

입이 뚫리자 남자는 큰 소리로 고통의 신음을 토해냈다. 구형사는 남자의 입에 귀를 가져다 댔다.

"말씀하세요! 뭐라고요?"
"바… 바…"

바? '바'로 시작하는 특정한 단어를 발음하려는 건지 의미 없는 신음인지 구분이 안 됐다. 지금 진술을 얻어내는 건 불가능하다는 판단이 섰다.

"지금 응급차를 불렀습니다! 조금만 더 버티세요!"

구형사는 남자의 상처를 손으로 꾹 눌렀다. 끈적이는 피가 손바닥을 밀고 흘러나오는 느낌이 끔찍하게도 선명했다.

공장 안이 하도 어두워서 대체 남자가 얼마나 피를 흘렸는지 알 수 없었다. 그리고 아직은 이 남자가 누군지, 미선을 폭행한 남자인지, 연쇄살인범인지, 아니면 연쇄살인범의 세 번째 희생자인지, 그것도 아니면 영등포 골목의 연쇄살인과는 상관없는 또 다른 범죄의 희생자인지, 알 수가 없다.

인상착의는 아까 부딪혔던 남자와 비슷했다. 그런데 어둠 속에서도 남자의 자세가 어딘가 이상해 보였다. 아, 남자는 두 손이 등 뒤로 묶여 있었다. 그래서 상처를 손으로 틀어막지 못했던 것이다.

배를 찔리기 전에 손이 묶인 걸까, 아니면 배를 찔린 뒤에 손이 묶인 걸까? 역시 알 수 없었다. 거기에 재갈까지…… 남자의 손을 풀어주고 싶었지만 그것보다는 출혈을 살피는 일이 더 바빴다. 남자의 숨소리가 점점 흐려졌다. 눈도 자꾸 감겼다.

"이봐요! 정신 차려요! 지금 구급차가 오고 있어요! 조금만 더 참아보세요! 포기하면 안 됩니다!"

구형사는 지혈을 하는 손에 더 힘을 주었다. 그런데 남자의 배에서 흘러나오는 피는 좀처럼 줄지 않는 것 같아 보였다. 이상한 일이었다.

상태를 제대로 살펴보기 위해 핸드폰 플래시를 다시 켜고 남자를 비춘 구형사는 의아한 점을 발견했다. 남자의 몸에서 뿜어져 나오는 피는 배에서만 나오는 것이 아니었다. 허리 아래에서도 피가 흥건하게 배어 나오고 있었다. 구형사가 아무리 배를 눌러도 피가 계속 바닥으로 흐르는 이유가 있었던 것이다. 그리고 옆에 떨어져 있는 정체불명의 물체가 구형사의 플래시 불빛에 드러났다. 남자의 성기였다.

"이런 씨발……"

구형사의 손에서 핸드폰이 떨어졌다.

―

휴일 아침 어린이 대공원 지하철역은 두 부류의 사람들로 북적였다. 아이들과 등산객.

태어나서 처음으로 엄마와 함께 놀이공원에 온 지찬이는 신이 났다.

간간이 솜털 구름이 떠 있는 파란 하늘 아래 지찬이는 지칠 줄 모르고 뛰어다녔다. 놀이기구를 기다리는 것도 지찬이에게는 놀이인 듯싶었다. 틈만 나면 주변을 기웃거리고 깡충깡충 뛰다가 미선의 품으로 뛰어들곤 했다.

"엄마! 우리 또 놀러 오자."

이제 막 놀이공원에 온 지 한 시간도 안 되었는데도 지찬이는 다음을 기약했다. 얼마나 오고 싶었으면 이러나 싶어 미선의 마음이 아릿했다.

"그래 지찬아. 또 오자."

미선은 놀이기구를 몇 번 탔더니 어지러워서 더 탈 수가 없었다. 그래서 같이 기다려주기만 하고 차례가 오면 지찬이 혼자 놀이기구를 타게 했다. 그리고 그녀는 탑승객이 나오는 출구에서 지찬이를 기다렸다.

앞뒤로 흔들리는 커다란 배에 탄 지찬이는 배가 제대로 움직이기 전부터 신이 나서 소리를 지르고 엄마에게 손을 흔들었다.

'그렇게 좋아?'

한동안 미소를 잃어버렸던 미선도 미소가 지어졌다.

이번 일을 겪으면서 미선은 절실하게 느꼈다. 아이가 그녀에게 의지하는 것이 아니라 그녀가 아이에게 의지하고 있었음을. 아이는 그녀의 생명이면서, 동시에 생명의 근원이기도 했다. 지구이면서 태양인 존재가 아이였다.

영등포 연쇄살인사건의 세 번째 희생자는 그녀를 폭행하고 도망가던 길에 살인마에게 당했다. 다음날, 미선은 맞아서 엉망인 얼굴에 마스크를 쓰고 모자를 눌러쓴 채 부검실에 가서 남자의 얼굴을 확인해야 했다. 부검실에서는 구형사가 아닌 다른 형사가 그녀를 맞이했다.

차가운 금속 침대 위에 뻗어있는 시체 위에 하얀 천이 덮여 있었다. 형사가 천을 벗겨 시신의 얼굴을 보여주는 순간 미선은 구토를 했다. 끔찍한 상상이 그녀를 덮쳐서.

전날 밤 남자가 그녀를 괴롭히던 기억이 되살아났다. 그런데 남자는 살아있는 사람이 아니었다. 그녀는 시체와 섹스를 하고 있었다.

아침도 제대로 먹지 못한 탓에 신물만 꺽꺽거리며 토하고 나서야 그녀는 무서운 환영으로부터 벗어날 수 있었다. 그리고 부검실의 형사에게 확인해줄 수 있었다.

"네, 그 사람이 맞아요."

영등포 골목은 문을 닫았다. 연쇄살인의 세 번째 희생자가 발생한 후 영등포 경찰서가 취한 조치였다. 전성기 때에 비하면 쇠락한 수준이지만 그래도 꾸준히 오빠들의 발길이 이어지던 골목 양쪽 입구는 노란색 폴리스라인으로 봉쇄되었고 전기와 수도마저 끊어버렸다. 한 집도 문을 열지 못하도록.

골목에서 살고 장사하던 삼촌, 이모, 아가씨들은 뿔뿔이 흩어졌다. 일단 최소한의 생계지원금을 받고.

미선은 엄마 집으로 돌아왔다. 당장 먹고살기 위해 일자리를 구한 곳이 순댓국 식당의 주방이었다. 연변 출신의 아주머니와 함께 하루 종일 청소하고 설거지하고 쓰레기를 버리는 대가가 시급 6천 원이었다. 오늘처럼 공휴일과 일요일엔 일이 없었다.

그래도 골목에 있을 때는 한 달에 300만 원은 벌었다. 오후 서너 시쯤 일어나서 다음날 새벽 여섯 시까지, 몸이 고된 일이긴 했지만 한 푼이라도 더 벌기 위해 들어간 골목이었다. 1년에 몇 번 나오는 경찰의 단속에 걸리면 업주와 아가씨가 따로 벌금을 물었다. 그래도 그녀가 할 수 있는 일 중에서 가장 많은 돈을 벌 수 있는 일인 것은 확실했다. 엄마의 병원비를 대고 지찬이를 먹여 살리기에 필요한 최소한의 돈이었다.

미선은 알고 있었다. 식당 주방 일을 해서는 도저히 병원비와 생활비를 감당할 수 없다는 것을. 이렇게 살다가는 엄마도 아이도 지킬 수 없다는 것을.

몇 년 전, 영등포 골목으로 첫발을 디딜 때와 같은 결론 앞에서 미선은 밧줄에 몸이 묶인 것처럼 꼼짝도 할 수 없었다.

무섭다. 너무 무섭다. 어쩌면 연쇄살인범만큼 무섭다. 죽음의 공포가 도사리는 골목만큼, 그 골목에서 쫓겨나온 것이 무섭다. 이 세상에 대체 무섭지 않은 곳이 있기나 할까?

속이 터질 듯 답답했다. 누군가에게 다 털어놓고 싶었다. 그러나 말할 사람이 없다. 기댈 사람도 없다. 문득 구형사의 얼굴이 떠올랐다. 그러나 그가 했던 말이 그녀의 귀를 찔렀다.

'룰이요? 무슨 룰이요? 깽판 치는 손님은 삼촌이 정리한다는 룰이요? 빠구리 한 번에 7만 원이라는 룰이요?'

결국 그는 형사일 뿐이었다. 그녀를 범법자로 보고, 그녀를 7만 원짜리 몸뚱이로 보는 사람일 뿐이었다. 당연하지. 당연히 그랬겠지. 대체 난 뭘 기대한 걸까?

"엄마! 엄마!"

신이 난 아이의 목소리에 미선은 정신을 차렸.

아이를 태운 해적선이 움직이기 시작했다. 그녀는 손을 흔드는 아이에게 손도 흔들어 줄 수 없었다. 아이 사진을 찍어줘야 하는데 핸드폰 화면이 흐려 보였다. 화장기 없는 뺨 위로 눈물이 흘러내렸다.

—

공휴일이지만 비상근무 체계에 돌입한 영등포 강력계 형사들은 쉬지 못하고 근무를 했다.

세 번째 희생자는 영등포 골목에서 성매매를 하고 돌아가는 길에 살해된 것으로 밝혀졌다. 미선을 폭행한 바로 그 남자였다.

사망 원인은 과다출혈. 부검결과에 따르면 범인은 먼저 희생자의 배를 찔러 제압한 후 남자를 폐공장으로 끌고 들어와 손을 결박하고 성기를 절단한 것으로 보인다고 했다.

시체 훼손의 양상으로 볼 때 세 번째 희생자 역시 강력한 증오심이 엿보인다는 것이 부검의 소견이었다. 특히 성기를 훼손하는 일은 즉흥적으로 벌어진 일이 아닌, 계획된 행동이 확실하다고 했다.

사건 현장인 폐공장에서는 단서가 될 만한 물증이 전혀 발견되지 않았다. 주변에 남아있을 법한 범인은 흔적도 없었다. 사건 당시에 내렸던 비도 증거를 지우는데 한몫했다.

구형사는 사건을 수사하는 형사이자 현장의 목격자였다. 세 번째 희생자가 발생한 뒤 수사팀이 증강되고 비상근무 체계로 돌입하면서 그는 다른 형사들에게 진술을 해야 하는 상황이 되었다. 그는 희생자가 자신과 부딪혔던 남자가 아니라는 것을 처음부터 단언했다.

희생자는 구두를 신고 있었다. 구형사가 그날 밤 들은 발자국 소리는 분명히 운동화 발자국 소리였다. 의심을 풀지 못하는 형사들과 함께 구형사는 직접 골목으로 가서 실험까지 한 후에 더욱 확신을 굳혔다.

'내가 맞닥뜨렸던 사람이 연쇄살인범이다.'

구형사와 함께 처음부터 사건을 수사했던 김형사도 며칠째 야근을 하는 중이었다. 세 번째 희생자 주변 사람들을 만나고 돌아온 그는 구형사와 팀장에게 보고를 올렸다.

"개인적인 원한으로 인한 살인일 가능성은 아주 낮아
보입니다. 희생자는 평소에 무척 소심한 성격이었고
주변 사람들하고 교류한 일도 거의 없었다고 하네요."

세 번째 희생자에 관한 김형사의 보고를 들은 후 구형사는 사무실을 빠져나왔다.

머리가 복잡했다. 수사도 난항을 겪고 있는데 죄책감까지 더해졌다. 현장에서 범인을 맞닥뜨리고도 놓쳐버렸다는 죄책감이 자꾸 논리적인 생각을 방해했다. 헝클어진 머릿속부터 정리해야 뭔가 진전이 있을 터였다.

"선배."

등 뒤에서 김형사가 부르는 소리에 구형사는 고개를 돌렸다.

"며칠 너무 정신없는 통에 말씀을 못 드렸는데,
진짜 존경합니다."

갑자기 튀어나온 후배의 낯간지러운 찬사에 구형사는 얼떨떨해졌다.

"솔직히 사건 당일 저 친구들하고 술 마시고 있었거든
요. 그것도 사건 현장에서 별로 멀지도 않은 문래동에
서. 선배가 비번인데도 사건 현장에 가서, 그것도 존나
비가 쏟아지는 골목에 계셨다는 얘기 듣고 진짜 반성
많이 했어요."

"별소릴 다 하네. 주말에 할 일이 없으니까 그런 거고. 괜히 사람 띄우지 마."
"걱정되어서 드리는 말씀이기도 해요."
"걱정?"
"형."

김형사는 평소에 잘 쓰지 않은 '형'이라는 호칭으로 구형사를 불렀다.

"사건도 사건이지만 이제 좀 즐기면서 사세요. 여자도 만나보고. 형수님 일이야 진짜 제가 생각해도 억울하지만 형 인생도 아직 한창이잖아요. 나이 마흔도 안 된 남자가 왜 수도승처럼 생활합니까? 여자도 만나고 다시 시작하셔야죠."
"새끼, 오지랖은."

구형사는 픽 웃고 말았다. 김형사의 진심을 모르는 것은 아니었다. 사무실에서는 소위 신세대 형사로 불리는 김형사는 이제 겨우 서른이었다. 컴퓨터 게임과 각종 스포츠를 즐기는 청년. 친구들과 어울리기 좋아하고 여자도 엔간히 밝히는, 무척이나 건강하고 씩씩한 남자였다.

김형사는 구형사 아내가 죽은 뒤에 강력 3반에 들어왔다. 그 사건이 있기 전부터 같이 근무하던 동료와 그 후에 들어온 동료들은 구형사를 대하는 태도가 달랐다. 그것은 일종의 벽과 같았다. 그 사건에 대해 잘 알지 못하는, 전해 듣기만 한 형사들은 구형사에게 쉽게 접근하지 못했다. 김형사도 그중 하나였다. 그런 김형사가 지금 용기를 내어 다가온 것이었다.

"제가 여자 하나 소개해드릴까요?"

점점 진지해지는 김형사의 태도에 구형사는 갑자기 웃음이 터졌다.

"됐어 인마. 나도 여자 꼬실 수 있어. 네가 보기에 형이 매력 없어 보이냐?"
"아뇨. 형은 충분히 매력 있는데 여자한테 관심이 없잖아요."
"이 새끼 웃기네. 네가 그걸 어떻게 알아 인마."
"보면 알죠. 그러니까 일요일 저녁에 그 비를 맞으면서 현장에 나가 있지."
"내가 다 알아서 하니까 걱정 마."
"진짜 괜찮은 누나가 하나 있거든요?"
"괜찮은 여자가 왜 나 같은 홀아비를 만나냐?"
"그 누나도 한 번 갔다 왔어요. 그런데 아직 나이도 어리고 애도 없어요. 저보다 두 살 더 많은데 학원 선생님이고 얼굴도 예뻐요. 우리 친누나하고 친한 친구거든요."
"아 이 새끼 됐다니까 자꾸 귀찮게 하네. 나 좀 나갔다 올게. 상황 생기면 바로 연락해."

구형사는 서둘러 자리를 떴다.
    차에 타고 시동을 걸고 나서도 그는 잠시 그냥 앉아 있었다. 김형사의 말이 귓가에 맴돌았다.

'이제 좀 즐기면서 사세요. 형 인생도 아직 한창이잖아요. 마흔도 안 된 남자가 왜 수도승처럼 생활합니까? 여자도 만나고 다시 시작하셔야죠.'

다시 시작. 할 수 있을까? 입맛이 씁쓸해졌다. 그는 콘솔 박스에서 껌을 꺼내 입에 넣고는 전화를 걸었다. 미선에게.

그녀는 전화를 받지 않았다. 구형사는 핸드폰 화면을 노려보다가 다시 전화를 걸었다.

"좀 받아라, 씨발."

그러나 미선은 끝까지 전화를 받지 않았다. 일부러 안 받는 것일까? 며칠 전 세 번째 살인이 일어나던 날 밤 그녀에게 심하게 퍼붓고 난 게 마지막이었다.

다음날 부검실에 시신 확인 차 그녀가 왔다고 들었지만 구형사는 팀장급 회의에 들어가 보고를 하느라 김형사가 부검실에서 그녀를 맞이했었다.

골목은 폐쇄되었다. 그녀가 지금 어디서 지내고 있을지 궁금했다. 시간을 보니 오후 두 시였다.

아직 자고 있나? 하긴 아가씨들은 오후나 되어야 일어나니까 그게 습관이 되어 있을 수도 있지.

구형사는 다시 사무실로 돌아갈까 하다가 그냥 차를 출발시켰다. 그는 통행금지 바리케이드로 막혀있는 영등포 골목 앞에 차를 세웠다. 노란색 폴리스라인 안으로 들어가서 골목을 걸었다. 가게 문은 모두 잠겨있고 텅 빈 쇼윈도는 하나같이 커튼을 쳐놓아서 안을 들여다볼 수 없었다.

몸을 파는 여자도, 몸을 사는 남자도 없는 사창가는 기이한 감상을 이끌어냈다. 마치 버려진 마을에 도착한 서부시대 총잡이가 된 기분이랄까.

그는 미선이 일하던 가게 앞에 섰다. 그리고 그녀를 생각했다.

이 골목에는 오직 네 개의 호칭으로 사람을 부른다고 했지. 아가씨, 삼촌, 이모, 오빠. 삼촌이 죽었다. 그다음엔 이모, 그다음에 오빠가 죽었다. 우연일까? 아니면 누군가 아가씨를 노리고 있을까?

불길한 생각에 잠겨있는데 전화가 왔다. 미선이었다. 전화를 받자 그녀는 사과부터 했다.

"죄송합니다. 제가 밖에 나와 있느라 전화를 못 받았어요."
"몇 가지 여쭤볼 게 있어서요. 잠깐 뵐 수 있을까요?"
"지금요?"
"가능하면 오늘이요. 빠르면 빠를수록 좋습니다."
"지금은 아이랑 같이 있어서 곤란하고요. 음……"

아이? 아이가 있다고? 구형사는 많이 놀랐다. 조금도 상상하지 못한 일이어서. 하긴. 이런저런 강력 사건에 술집 여자들이 연루되는 경우가 많은데 아이가 딸린 여자들도 꽤 있었다.

"저녁에도 괜찮을까요?"
"네. 그러시죠. 장소는 미선씨 편한 데로 알려주시면 제가 찾아가겠습니다."
"네 형사님."

구형사는 전화를 끊었다. 커튼으로 가려진 쇼윈도에 비친 자신의 모습을 잠시 응시했다. 며칠 전만 해도 여기 앉아 있던 미선과 마주보는 착각이 들었다.

—

미선은 장소를 고르는데 꽤나 고민을 했다. 이 동네에 10년을 넘게 살았지만, 영등포 골목에서 일한 뒤로는 일주일에 하루만 집에 와 있다 보니 다녀본 곳이라고는 슈퍼마켓과 편의점, 세탁소가 전부였다. 형사를 만날 만한 곳은 전혀 알지 못했다. 한참 생각을 하다가 지찬이하고 놀이공원에서 들어오는 길에 본 꼬치구이 술집이 떠올랐다.

약속시간에 늦지 않게 나갔는데 구형사가 먼저 와서 기다리고 있었다. 그는 물이 빠진 청바지에 회색 니트 차림이었다. 머리는 단정하고 수염도 말끔히 자른 모습. 그는 언제나 그렇게 깔끔한 모습이었다. 심지어 비옷을 입고 찾아왔던 며칠 전 밤에도 얼굴은 막 씻고 나온 사람처럼 뽀얗게 보였다. 지금도 그랬다.

구형사는 꼬치구이 가게를 둘러보더니 자리에서 일어났다.

"나가죠."
"네?"
"다른 데서 먹어요."
"저는 괜찮은데."
"좀 제대로 드세요. 얼굴이 그게 뭡니까?"

구형사는 무작정 가게를 나와서는 거리를 걷기 시작했다. 미선은 괜히 잘못한 사람처럼 그의 옆을 따라 걸었다.

"동네에 고깃집 없나요?"
"죄송해요. 제가 이 동네를 잘 몰라서."

구형사는 더 이상 묻지 않고 직접 가게를 찾기 시작했다. 몇 분쯤 걷다 보니 제주도 오겹살을 판다는 광고판을 세워놓은 고깃집이 나왔다. 구형사는 미선의 의사도 묻지 않고 식당에 들어가서 자리를 잡았다. 미선은 잠자코 따라 들어가서 맞은편에 앉았다.

"드시고 싶은 거 고르세요."

구형사가 벽에 붙은 메뉴를 가리켰다.
이런 식당에서 제대로 고기를 먹어본 적이 까마득했다. 일주일에 한 번 지찬이를 데리고 나가서 밥을 먹을 때는 늘 짜장면 아니면 돈가스였다. 가끔 고기를 먹을 때는 집에 신문지를 깔아놓고 구워 먹었다.

"삼겹살 먹을까요?"

미선이 조심스럽게 선택했다. 구형사는 고개를 끄덕이더니 종업원을 불러 주문했다.

"여기 제주 오겹살 2인분하고 항정살 1인분이요. 소주
도 하나 주세요."

식당에서 제일 비싼, 1인분에 만원이 넘는 고기를 3인분이나 시켰다. 미선은 괜히 미안해져서는 고개를 떨어뜨렸다.

구형사는 별말 없이 가만히 앉아 있었다. 미선은 침묵이 별로 불편하지 않았다.

주문한 술과 고기가 나오자 구형사는 돌로 된 불판 위에 고기와 김치를 능숙하게 올렸다. 많이 해 본 솜씨 같았다.

남자가 구워주는 고기를 먹는 게 대체 얼마 만인지 미선은 기억도 나지 않았다. 20대 초반이 마지막이었던 것 같다. 지찬이를 가진 뒤로는 남자를 만난 적이 없었으니. 구형사가 술잔을 건네주며 물었다.

"술 드세요?"
"많이는 못 마시는데……"

미선은 두 손으로 잔을 받았다. 구형사가 넉넉하게 소주를 따르더니 자기 잔에도 술을 따르려고 했다. 미선은 얼른 술병을 빼앗아 술을 따라주었다.

"혼자 술 따라 마시면 안 좋다고 하잖아요."
"그런 거 안 믿지만 뭐. 따라주니까 좋네요."

구형사는 가볍게 건배를 하고 잔을 비웠다. 미선은 조심스럽게 술을 마셨다. 달콤쌉싸름한 소주의 향이 입안에 퍼졌다.

그녀는 원래도 술을 별로 좋아하지 않았다. 영등포 골목에 있던 다른 아가씨들 중에서는 일이 끝나면 꼭 술을 마시는 여자들이 있었다. 다른 사람들이 저녁을 먹듯이 아침 일곱 시쯤 다들 밥을 먹었는데 술을 먹고 주정을 하는 소리도 종종 들리곤 했다. 영희 이모도 늘 아침에 소맥을 한 잔씩 했다. 주리도 같이 한 잔씩 반주를 거들곤 했지만 미선은 골목에서는 절대 술을 마시지 않았다. "어떻게 지냈어요?" 구형사가 무뚝뚝하게 물었다.

"그냥…… 엄마 집에 있어요."
"아이가 있는 줄은 몰랐습니다."
"네에……"

미선은 자꾸 말꼬리가 흐려졌.
  돌판 위에 올려놓은 고기는 여간 빨리 익는 것이 아니었다. 구형사는 다 익은 고기와 야채를 미선의 앞 접시 위로 부지런히 옮겨주었다.

"얼른 먹어요. 식기 전에."
"잘 먹겠습니다."

미선은 구형사와 눈을 마주치기가 어려워서 고개를 숙인 채로 계속 고기만 먹었다. 그러다 보니 금방 배가 불러왔다.

"형사님도 좀 드세요."
"먹고 있어요."
"제가 구울까요?"
"아뇨. 괜찮아요."

구형사는 틈틈이 소주잔을 비웠고 그때마다 미선은 재빨리 그의 잔을 채워주었다. 그녀도 서너 잔을 마셨다.

"세 번째 희생자 신원이 나왔어요."
"아, 진짜요? 가족들한테도 연락이 갔겠네요?"
"가족이요? 가족이 없던데."
"어? 딸이 서른 살이라고 하던데요?"
"거짓말을 한 거겠죠. 이름부터가 미선씨가 알려준 이름하고는 다르던데."
"김학선 아니에요?"

미선은 그 이름을 잊을 수 없었다. 이름을 기억 못 했다는 이유로 어마어마한 폭행을 행사했으니까.

"이름은 박근식. 일용직 노동자에요."
"네? 교수가 아니고요?"
"그것도 거짓말로 둘러댔나 보죠."
"이상하다. 되게 똑똑하던데? 건축에 대해 되게 잘 알고 있었어요. 타임스퀘어를 만들 때도 참가했다고 하던데."
"일용직 노동자로 참가했나 보죠. 요즘은 인터넷 검색만 자주 해도 그럴듯하게 전문가 행세를 할 수 있는 시대니까요. 가짜 교수 행세는 어렵지 않았을 겁니다."

미선은 소름이 쫙 끼쳤다가 몸에 힘이 빠지면서 허탈해졌다.

"항상 양복을 입고 비싼 시계도 차는 거 같던데……"

"뭐 짝퉁이었겠죠. 일부러 그런 데 갈 때만 그럴듯하게 차려입고 갔나 봅니다. 전과를 보니까 다른 기록은 없는데 성매매 사범으로만 세 번이나 걸려서 벌금을 물었어요. 남자들이 몇 번씩 단속에 걸리는 경우는 잘 없거든요. 여기저기 엄청 다녔다는 뜻이죠. 아마 다른 아가씨들한테도 가짜 신분으로 행세했을 가능성이 큽니다."
"와…… 정말 무섭네요."

미선은 술잔을 비웠다. 구형사가 잔을 채워주고는 건배했다.

"예전에 미선씨가 그런 얘기한 적 있죠? 골목에 루머가 돈다고. 삼촌, 이모, 차례로 죽인 범인이 아가씨를 다음 차례로 노리고 있다는."
"네. 아가씨들끼리 그런 얘길 많이 했어요."
"그런 말 저는 원래 전혀 안 믿습니다. 그런 식으로 생각하다 보면 공포에 사로잡혀서 올바른 판단을 하기가 힘들거든요. 그런데 이번에는 믿습니다."
"그럼……"
"다음 차례는 아가씨가 될 수도 있어요."

구형사의 입에서 직접 그런 얘기를 듣자 미선은 애써 부정하던 불길함에 덜미가 잡히는 느낌이었다.

"대체 누가 이런 짓을 하는 걸까요? 다들 겨우 먹고 살자고 모인 사람들한테 왜……"
"이유는 중요하지 않아요. 누군가 영등포 골목의 사람

들을 차례로 죽이고 있다는 사실이 중요한 거죠."

"우리 골목 사람들일까요?"

"그럴 수도 있고 아닐 수도 있고. 아직은 모릅니다."

"형사님 생각은요?"

"저는 골목 사람이라는 쪽에 좀 더 무게를 두고 있습니다. 무엇보다 그 골목 지리를 잘 아는 사람의 소행 같아서요. 이남순 할머니의 경우에도 면식범일 확률이 크고."

"진짜 그럴 사람이 없는데…… 아가씨가 그랬을 리는 없잖아요? 남자들이 둘이나 죽었는데 아가씨 힘으로 쉽지 않을 텐데."

"저도 아가씨가 그랬다고는 생각하지 않아요. 그날 밤 범인을 본 것 같은데 남자였거든요."

"범인을 봤다고요?"

"확실하진 않습니다. 골목을 살피다가 누군가하고 부딪쳤는데 이번 희생자는 아니었어요. 비슷한 인상착의이긴 했는데. 이남순 할머니 집에서 찍힌 CCTV 화면에도 범인 모습이 어렴풋이 잡혔는데 남자로 보였어요. 체구는 그리 크지 않은 남자."

"그렇다면 더더욱 골목 사람은 아닌 것 같은데요? 우리 골목에 남자라고 해봤자 다섯 명? 이렇게까지 할 사람이 없는데."

"미선씨."

구형사는 그녀의 이름을 힘주어 불렀다. 미선은 또 고개를 떨어뜨렸다.

"저 좀 보세요."

구형사가 그녀의 턱을 손으로 들어 올렸다. 손님의 몸이 들어올 때보다 더 강렬한 느낌에 미선은 소름이 돋았다.

"범인이 누구인지는 미선씨가 걱정할 일이 아닙니다. 범인은 저희 형사들이 잡을 테니까요."
"네……"
"오늘 제가 미선씨를 보자고 한 이유는 이번 사건 때문이 아니에요."
"그럼요?"

구형사는 그녀의 시선을 꼭 붙든 상태로 명령했다.

"그 일, 그만둬요."

예상하지 못했던 말이었다. 미선은 시선을 피해버렸다.

"힘든 사정이 있겠죠. 어쩔 수 없이 그 일을 할 수밖에 없었겠죠. 처음 시작했을 때 이유야 어찌 됐건, 이제 그만두었으니까 다신 그 일 하지 마요."

미선은 대답할 수 없었다. 소주잔을 한 번에 비워버릴 뿐. 구형사는 그런 미선을 선생님의 시선으로 보고 있었다.

"미선씨는 그 일을 그만둘 생각이 없군요?"

"형사님. 진짜 형사님 앞에서 이런 말씀드리는 거, 저도 웃긴데요. 제 선택의 문제가 아니에요. 그만둘 생각이 없냐고요? 제 생각이 뭐가 중요한데요? 제가 돈을 못 벌면 엄마가 죽고 지찬이도 먹고 살 수 없어요. 저는 돈을 벌어야 해요."

"다른 아르바이트도 있잖아요?"

"뭐요? 식당일이요? 청소요? 사무실 경리요? 마트 캐셔요? 그런 일 해서 얼마나 벌 거 같아요? 한 달에 백이십? 백오십? 엄마 병원비가 매달 오십 만원이에요. 월세가 칠십이고요. 뭘 먹고 살죠? 뭘 입고 살죠? 관리비는 어떻게 내죠? 겨우 영어 하나, 태권도 하나 다니는 지찬이 학원도 끊을까요? 대체 어떻게 살란 말이에요?"

미선의 눈에 눈물이 맺혔다. 동시에 그녀는 해방감을 느꼈다. 아무에게도 대놓고 하지 못했던 하소연을 해버렸다. 그 대상이 적절한지는 모르겠지만.

구형사는 설명하기 어려운 표정으로 말없이 앉아 있었다. 시선을 그녀의 얼굴에서 떼지 않고.

미선도 이제 구형사의 시선이 불편하지 않았다.

어쨌든 고마운 사람이다. 동정이래도 좋고 호기심이래도 좋다. 나를 걱정해주고 내 말을 들어주고 술과 고기를 사주는 사람은 이 세상에 이 남자뿐이니까.

구형사는 한참 동안 조각상처럼 가만히 앉아 있다가 또 술잔을 비웠다. 미선도 따라서 술을 마셨다. 이상하게도 술이 자꾸 들어갔다.

"미안해요. 잘 알지도 못하면서 이래라저래라 참견해서."
"아니에요. 제가 한심해서 그런 건데요 뭐."
"미선씨의 지금 주변 상황이 아주 힘들다는 건 잘 알겠습니다. 하지만 아무리 중요한 것도 목숨하고 바꿀 순 없어요."
"그렇게 생각하는 사람도 있지만 저는 달라요. 지찬이가 없으면 제 목숨이 무슨 의미가 있겠어요? 우리 지찬이 건강하게 잘 키우고 싶어요. 다른 아이들처럼 잘 먹이고 공부도 시키고 싶다고요. 저처럼 살지 않게."

구형사는 긴 한숨을 토해냈다. 미선은 괜히 미안해졌다.

"죄송해요. 제가 너무 답답한 얘기만 계속했죠? 형사님 얘기도 해보세요. 형사님은 결혼하셨어요?"
"아니요."
"왜요? 경찰은 인기 있는 직업이잖아요. 형사님은 얼굴도 잘 생기셨고."
"결혼을…… 예전에 했었죠. 지금은 아니고요."
"아…… 헤어지셨어요? 죄송해요. 쓸데없는 걸 물어봤네요."
"아뇨."

짧게 가르는 구형사의 목소리에 힘이 들어가 있었다. 미선은 움찔한 기분에 더 묻지 않았다. 구형사는 허공으로 시선을 던진 채 나직하게 털어놓았다.

"아내는 죽었어요. 3년쯤 됐네요."

미선은 뜨거운 뭔가가 마음으로 쏟아져 들어오는 것 같았다. 그저 듬직한 형사로 보이던 그가 상처 입은 남자로 변해버린 순간이기도 했다.

"불편하시면 말씀 안 하셔도 괜찮아요. 제가 괜히 ……"
"아뇨." 이번에도 구형사의 목소리는 단호했다.
"아내는 연쇄살인 사건의 희생자였어요."

구형사는 수백 수천 번을 복기한 그날의 정황을 다시 떠올렸다. 특별한 일이라고는 도무지 생길 것 같지 않던 어느 나른한 봄날 오후에 아내가 사라졌다. 몸살이 심한 시어머니를 위해 닭죽을 쒀서 시댁에 전해주고 돌아오는 길이었다. 지하철 에스컬레이터를 타고 올라오는 CCTV에 담긴 모습이 아내의 마지막 흔적이었다.

구형사는 영등포 경찰서 강력계에 근무했지만 사는 곳은 양천구 관할이었다. 실종신고를 접수한 뒤 그는 직접 아내를 찾아 나섰다. 며칠째 아내의 동선을 따라 주변을 뒤졌지만 성과가 없었다.

아내가 사라진 지 5일째 되던 날, 양천경찰서 강력계 형사가 전화를 걸어왔다. 아내를 찾았다고.

아내의 시신은 어이없게도 주택가 골목에 버려진 채로 발견되었다. 마치 번데기처럼 온몸이 비닐랩에 꽁꽁 싸인 채로. 사람인 지 알아볼 수 없도록 시신의 아래위는 쌀포대 두 개를 뒤집어씌워 묶은 뒤에 버려졌다.

수많은 시신을 목격한 구형사였다. 칼에 찔린 시체, 떨어져 죽은 시체, 약을 먹고 자살한 시체…… 인간인 이상, 같은 종족의 죽음 앞에서 느끼는 슬픔과 안타까움이 제일 먼저 찾아오는 건 당연하지만 곧이어 형사로서의 냉정한 이성이 뒤따랐다. 그러나 아내의 시신은 느낌이 전혀 달랐다. 도무지 이성적으로 받아들일 수가 없었다.

몇 날 며칠을 눈물과 통곡으로 지샌 후 그는 아내의 사건을 직접 조사하겠다고 상부에 청을 올렸다. 그러나 윗선에서는 오히려 수사에 혼선을 가져올 수 있고 구형사의 정신건강에도 좋지 않다는 이유로 그의 청을 거절했다.

구형사는 휴직계를 내고 양천서 형사들을 따라다녔다. 다행히 그들은 텃세를 부리지 않고 같은 형사로서 구형사의 합류를 받아들여주었다.

놀랍게도 아내와 비슷한 패턴으로 희생된 여자가 전에 한 명 더 있다는 사실이 밝혀졌다. 8개월 전의 사건이었다. 피해자는 21살의 여대생. 역시 비닐랩으로 꽁꽁 싸맨 뒤 녹색 비로드 천을 뒤집어씌운 모습으로 발견되었던 사건이었다. 아내의 시신이 발견된 장소에서 $4km$밖에 떨어지지 않은 곳이었다.

양천서에서는 연쇄살인범의 소행으로 결론 내리고 수사팀을 보강했다. 구형사는 수사팀에 정식으로 소속된 형사도 아니었지만 어느 형사보다 더 집요하게 범인의 흔적을 쫓았다.

언뜻 보기에는 허술하기 짝이 없는 범죄였다. 피해자들을 납치한 곳도, 시신을 유기한 곳도 사람들이 많이 다니는 곳이었다. 그런데 정말 놀랍게도, 그 흔한 목격자 한 명, CCTV 하나 없었다. 꽤나 훼손이 많이 된 시체였지만 범인의 DNA는 끝내 발견되지 않았다.

유일한 단서라면 아내의 시신에서 발견된 배지였다. 크기는 엄지손톱보다 조금 더 크고, 웃는 눈과 입 모양이 단선으로 그려진 노란색의 스마일 배지였다.

사후경직이 진행되어 꽉 쥐고 있던 아내의 주먹에 배지가 있었다. 아내가 일부러 배지를 주먹에 감추었는지, 아니면 범인이 아내의 손에 쥐여주었는지는 알 수 없었다. 아내 전에 죽은 여자의 시신에서는 배지가 발견되지 않을거로 봐서는 전자일 가능성이 컸다.

몇 달을 끌던 수사는 결국 미해결로 남았다. 구형사는 포기하지 않았다. 휴직 기간을 늘리고, 무려 1년 동안 사건 발생 지역을 훑고 다녔다. 그동안 노란색 스마일 배지는 항상 그의 주머니에 들어 있었다.

1년 동안 그렇게 아내를 죽인 범인을 찾아다닌 구형사도 결국 복귀했다. 완전히 달라진 사람으로. 사건 전에는 늘 웃던 얼굴에서는 웃음이 사라지고, 남자가 무슨 수다를 그렇게 떠냐고 핀잔을 들을 정도로 말이 많던 입도 닫혔다. 그 좋아하던 노래방도 가지 않았다. 밤을 새우며 하던 게임도 끊었다. 오직 일과 잠. 그의 인생에는 꼭 해야 하는 것들만 남았다.

구형사의 긴 고백을 들은 미선의 눈에서 눈물이 흘러내렸다. 그녀는 구형사의 손을 잡아주었다.

흔한 위로의 말도, 힘내라는 격려도 없이 그녀는 가만히 손을 잡고 있었다.

"미선씨가 왜 웁니까. 저도 안 우는데."

구형사는 애써 미소를 지어 보였다.

"이렇게 누구한테 다 털어놓기는 정말 처음이네요. 죄
  송합니다."
"죄송은요. 저도 구질구질한 얘기 형사님한테 다 털어
  놨는데."
"말하고 나니 한결 낫긴 하네요."
"저도 그랬어요."

미선은 잡고 있던 손을 슬쩍 뺐다.
　다시 둘 사이에 침묵이 흘렀다. 구형사는 괜히 술을 홀짝였고 미선은 술잔을 내려놓고 물을 마셨다. 더 마시면 취할 것 같았다. 취하면 실수를 할 것 같았다.

　—

술집에서 나온 둘은 다시 거리를 걸었다. 구형사가 굳이 그녀의 집까지 바래다주겠다고 해서였다.

　"누가 미선씨를 노리고 있다거나, 불안해하시라고 이러
　는 게 아닙니다. 제가 술 마시면 좀 걷다 들어가는 버
　릇이 있어서요."

무척 맑은 날씨였다. 밤하늘에는 유난히 큰 달이 빛나고 서울치고는 제법 많은 별이 반짝였다. 바람도 선선하니, 걷기에는 그만이었다. 대로에서 골목으로 접어드는 모퉁이에 군밤과 고구마를 함께 파는 트럭이 서 있었다. 구형사는 집에 가서 먹으라며 고구마 한 봉지를 사서 건네주었다. 미선이 계산을 하려고 했지만 구

형사는 끝내 그녀의 손을 밀어냈다.

"그럼 형사님 것만 제가 살게요."

그녀도 고집을 꺾지 않고 고구마 한 봉지를 사서 구형사에게 건넸다. 그렇게 둘은 까만 비닐봉지를 들고 나란히 걸었다.
미선이 사는 집은 다세대 주택이 밀집한 골목에서도 한참 안쪽이었다. 별말 없이 터벅터벅 걷던 구형사가 갑자기 편의점 앞으로 성큼성큼 다가갔다. 그리고 인형 뽑기 기계에 천 원짜리 지폐를 넣고는 집중해서 집게를 조종했다. 옆에서 구경하던 미선이 농담으로 물었다.

"이것도 술 마신 뒤에 하는 습관인가요?"

구형사는 웃지도 않고 신중하게 상품을 선택해 집게를 내렸지만 실패였다.

"에이 씨. 한 번 더!"

구형사는 다시 돈을 넣고 시도했다. 그리곤 상품을 집어내는데 성공했다.

"우와, 대단하세요."

미선은 정말로 감탄했다.

"이거 두 번 만에 성공하기 엄청 어려운 거 알아요?"
"우리 골목에서도 맨날 이거 하는 언니가 있었거든요. 성공하지도 못하면서 한 번 하면 만 원씩은 썼던 거 같아요. 거의 중독처럼. 그런데 형사님은 진짜 잘하시네요."

구 형사는 뽑은 상품을 미선에게 건네주었다. 미니 자동차 모형이었다.

"지찬이 갖다 주세요."

미선은 가슴이 먹먹하고 목이 잠겼다. 선물을 준 마음씨도 감동이었지만 아까 술을 마시면서 두어 번 흘러나왔던 아들의 이름을 기억해준 관심이 더 고마웠다. 구 형사가 아들의 이름을 기억해주는 것만으로도 뭔가 든든해지는 기분이었다.

"고맙습니다. 정말 고맙습니다."

미선은 허리를 굽혀 인사했다.

"별거 아닌데요, 뭐. 집이 요 앞이라고 했죠? 전 이쪽에서 들어갈게요."

미선은 저녁을 잘 먹었다는 말을 한 번 더 하려고 했지만 구 형사는 도망치듯 골목을 떠나버렸다.
집으로 향하는 미선의 발걸음이 가벼웠다. 이렇게 기분 좋게 집에 들어갔던 기억이 없는 것 같았다. 몇 시간 전과 달라진 건 하나도 없는데, 그녀를 감싸고 있던 최악의 우울감이 스르륵 사라져 버렸다. 미선은 구형사가 준 미니 자동차 모형이 마치 자기를 위한 선물인양 몇 번이고 확인하면서 집으로 돌아왔다.

"지찬아! 엄마 왔다."

문밖에서부터 씩씩하게 소리치고 현관문을 열었다.

"엄마!"

문이 열리자마자 지찬이가 엄마 품에 안겼다. 일주일에 딱 하루 함께 지내는 일요일에 지찬이를 놔두고 밖에 나간 적이 거의 없었기에 몇 시간 만에 돌아왔는데도 반가워하는 것 같았다. 미선은 구형사가 준 자동차 모형을 지찬이 손에 쥐여주었다.

"어, 이거 뭐야?"
"응. 선물."
"선물? 나 오늘 생일 아닌데?"
"선물은 꼭 생일이 아니어도 주고받을 수 있어. 어떤 아저씨가 우리 지찬이가 공부도 잘하고 학교에서 맨날 상도 받아오고 기특하다고 선물로 주셨어."
"우와. 어떤 아저씨가?"
"음......"

형사라고 말해도 될까, 미선은 잠시 망설였다. 앉은뱅이책상에서 한글 쓰기 연습에 열중하고 있던 엄마도 슬쩍 고개를 돌려 미선을 보았다. 생각해보니 아이 아빠가 사라진 뒤 다른 남자 얘기를 엄마 앞에서 한 적이 없었다. 하긴 남자 생각을 해 본 적도 없었다.

"아, 일하다가 아는 아저씨."

미선은 둘러대고는 다시 지찬이를 꼭 안아주었다. 옷을 갈아입고 아이 옆에 앉았다. 아이의 손을 조물락거리며 잠시 함께 만화를 봤다.

"엄마, 할머니 이제 한글 되게 잘 쓴다? 내가 아까 받아 쓰기 시험도 시켜봤는데 한 개밖에 안 틀렸어."

할머니는 고개도 돌리지 않고 계속 글씨 연습을 하면서 빙긋 웃었다.

"그래? 우리 지찬이 이제 곧 할머니 편지 받아보겠네."

미선은 비닐봉지를 풀고 고구마를 꺼냈다. 세 식구의 비좁은 천국에 구수한 냄새가 넘실거렸다.

"우와 맛있겠다!"

미선은 고구마도 아저씨가 사줬다는 말은 하지 않았다.

구형사는 부엌에서 고구마를 먹었다. 보지도 않는 TV를 말벗처럼 켜놓고. 아까 미선과 저녁을 제대로 먹어서 그런지 고구마를 하나만 먹었는데도 배가 불렀다.

샤워를 하고 침실로 들어왔다. 보통 취침시간보다는 한 시간도 더 이른 시간이었지만 이런 날은 일찍 자도 좋겠다 싶었다. 침대에 눕기 전에 습관 또는 의식처럼 그는 커튼에 달아놓은 노란색 스마일배지를 손끝으로 문질렀다. 그러다 문득 그의 손끝이 멈췄다.

배지를 커튼에서 떼어냈다. 손바닥에 배지를 놓고서는 잠시 내려다보았다.

수년 동안 몇 번이나 이렇게 배지와 마주했을까? 기껏해야 노란색 코팅을 해놓은 얇은 금속쪼가리. 웃는 얼굴처럼 선을 몇 개 그려놓았을 뿐인데. 가끔은 마치 살아있는 사람인 양 느껴졌다. 어떤 날에는 비웃는 표정 같기도 하고 또 어떤 날에는 밝은 미소 같기도 했다. 배지를 보며 애원을 한 적도 있고 분노를 퍼붓기도 했고 때론 위안을 받기도 했다.

실상은 출처부터가 불분명한 물건이었다. 아내가 그토록 꼭 쥐고 있었으니 분명히 어떤 메시지일 텐데. 그 메시지가 아내의 마지막 신호인지 살인범의 간악한 조소인지조차 알 수 없었다. 그런 수상한 물건을 몇 년이나 곁에 두고 살았다.

핸드폰이 울렸다. 메시지였다. 이런 늦은 시간에 메시지를 보낼 사람이 없는데. 경찰서에서 연락을 했다면 전화를 했겠지? 구형사는 핸드폰을 들어 메시지를 확인했다.

자동차 모형을 지찬이가 정말 좋아하네요. 고구마도 잘 먹었습니다. 모두 다 감사합니다.

미선이었다. 구형사는 침대에 걸터앉아 답장을 어떻게 쓸지를 잠시 고민했다.
　　나도 고구마 맛있게 먹었다고 인사를 할까? 몸조심하라는 인사? 잘 자라는 인사? 또 보자는 말? 결국, 가장 간단한 이모티콘으로 답장을 대신했다.

　　^ ^

스마일배지를 침대 옆 서랍장에 넣었다. 평생 믿고 또 증오해온 신을 등지고 십자가를 벽에서 떼는 사람의 기분이 이럴까? 이사를 갈 때까지는 서랍을 열 일이 없을 것 같았다.

　　-

항상 의젓하고 어른스럽던 지찬이가 요즘 들어 아기가 되었다. 미선이 집에서 지낸 뒤로 생긴 변화였다. 매주 단 한 번밖에 허락되지 않던 엄마 품에서 매일 잠들게 된 아이는 정말 아기처럼 엄마의 젖에 집착했다.
　　지금도 아이는 졸음에 허우적대면서도 미선의 가슴을 조물거리고 있었다. 미선은 아이의 등을 천천히 쓸어주었다.
　　어느새 잠이 든 걸까? 이미 안겨있으면서도 자꾸 엄마의 품을 파고들던 아이의 몸짓이 멈췄다. 그리고 잠꼬대 같은 중얼거림이 새어 나왔다.

"가지 마 엄마. 나랑 같이 살아."

잔잔하게 가라앉아 있던 미선의 마음이 다시 요동쳤다.

엄마도 같이 살고 싶어. 엄마도 매일 우리 지찬이 안고 자고 싶어. 하지만 엄마는 돈을 벌어야 해. 지찬이하고 할머니를 위해서.

미선의 머릿속에 수백 번도 더 되풀이해본 단순한 계산이 또 반복되었다. 식당에서 일하고 받는 돈으로는 엄마 병원비와 월세를 내면 끝이다. 이제 두 달? 석 달만 지나면 알량하나마 모아놓은 돈도 바닥난다. 은행에서 돈을 빌릴 신용도 직업도 담보도 없다. 그녀가 가진 것이 하나뿐이듯, 결론도 하나뿐이다. 예전에도 지금에도, 가진 것도 몸뿐이니 결론도 몸뿐이다. 그녀는 처음으로 영등포 골목에 발을 들이던 순간을 떠올렸다. 같은 상황에서 누군가는 다른 선택을 했을 수도 있다. 그러나 한번 몸 파는 여자의 삶을 선택한 이상 돌이키기는 누구라도 어렵다.

그녀는 미안하다는 말을 삼킨 입술로 아들의 이마에 입을 맞추었다. 그리고 스스로를 타일렀다. 오늘 밤은 그만 미안해하자. 그녀는 잠들기 전에 마지막으로 구형사의 핸드폰 메시지를 한 번 더 확인했다. 웃으라고 하네. 그래. 웃자.

―

'영등포 뒷골목에서는 무슨 일이 벌어지고 있는가?' '한국의 잭 더 리퍼인가?' '사창가의 연쇄 살인 괴담.' '현대화의 그늘에서 벌어진 의문의 연쇄살인.' TV 시사 프로그램에서 다뤄진 이후 사회부 기자들은 약속이나 한 듯이 영등포 연쇄 살인 사건 특집 기사를 쏟아냈다.

구형사를 찾는 기자들도 하루가 멀다 하고 몰려들었다. 구형사는 언론 인터뷰는 전부 반장에게 미뤘다.

그럼에도 불구하고 오늘따라 점심을 먹으러 가는데도 식당 앞까지 쫓아온 기자가 있었다. 김형사와 함께 나온 길이었는데, 이러다간 기자가 식당 안까지 따라와 같이 밥이라도 먹을 태세였다.

"딱 한 마디만 해주시면 안 되겠습니까? 국민들이 공포에 떨고 있는데 경찰이 뭐라도 말씀을 해주셔야 공포심이 가라앉지 않겠어요? 공포란 무지에서 나오는 것이니까요."

많이 봐야 서른 정도밖에 안 되어 보이는 여기자는 똑 부러지게 잘도 말을 했다. 구형사는 순댓국 식당 앞에서 결국 뒤돌아 입을 열었다.

"첫번째 사건이 난 직후부터 지금까지 저희 경찰은 범인을 잡기 위해 총력을 다 하고 있습니다. 국민들께 말씀드리고 싶은 건요."

구형사는 잠시 생각을 정리하고,

"범행 장소가 특정 골목에 국한되어 있기 때문에 지나치게 공포를 느끼실 필요는 없다는 말씀을 드리고 싶습니다."

"두 번째 희생자 이남순 할머니는 강남 한복판의 아파트에서 살해되었는데요? 사건이 발생한 곳이 잠원동 한신아파트 아닌가요?"
"그건 맞는데…… 이남순 할머니도 주거지는 강남이었지만 영등포 골목에서 포주로 일하던 사람이었습니다."
"그렇다면 경찰에서는 특정한 원한에 의한 연쇄살인이라고 보는 건가요? 무차별적 살인사건일 가능성은 전혀 없나요?"
"모든 가능성을 열어놓고 수사하고 있습니다. 그럼 이만."

구형사는 여기자를 밀치다시피 하고 식당에 들어왔다. 김형사도 재빨리 따라 들어왔다. 다행히 기자는 식당 안으로까진 들어오진 않았다.

"이모, 여기 국 두 개요!"

김형사는 구형사에게 메뉴를 물어보지도 않고 주문했다.

"이제 슬슬 꼬리가 잡힐 때가 된 거 아닙니까? 자꾸 언론에서 떠들면 더 피곤해지는데."
"벌써 존나 피곤해. 무슨 놈의 회의를 매일 같이하냐? 수사할 시간도 없는데."

구형사의 불만은 정당했다. 언론이 들쑤시고 나자 상부에서도 조속히 사건을 해결하라며 압력이 거셌다. 수사팀의 일선 형사들도 툭하면 외부 프로파일러가 동석한 회의에 참석해야 했다.

프로파일러들의 의견은 다들 비슷했다. 몇 가지를 요약하면 이랬다.

범인은 골목 안의 사람이다. 골목의 구석구석을 잘 알고 있으며 누구보다 자신 있게 그 점을 활용하고 있다. 영철 삼촌과 남순 할머니의 공통된 '오래된' 지인이면서 강력한 원한을 갖고 있는 사람이다.

프로파일러들은 세 건의 살인 모두 징벌의 성격을 갖고 있다고 했다. 영철 삼촌은 내장이 쏟아질 정도로 과한 자상을 입었다는 점, 남순 할머니는 일부러 의식이 있는 상태에서 천천히 죽게 했다는 것, 세 번째 희생자의 성기를 자른 점도 같은 맥락이라고 했다. 그러나 세 번째 희생자 박근식의 경우에는 가까운 지인이 아닐 수도 있다는데 의견을 함께했다. 실제로 형사들이 박근식 주변은 조사했지만 영철 삼촌과 남순 할머니와 연결고리는 전혀 발견되지 않았다.

순댓국 건더기를 먼저 다 건져 먹은 후 국물에 밥을 풍덩 말아 먹던 김형사가 물었다.

"프로파일러들 의견을 종합하면 도영희가 제일 유력한 용의자 아닙니까? 도영철하고 이남순한테 인신매매를 당해 인생을 망쳐버렸잖아요. 영등포 골목이야 뭐 손바닥처럼 빠삭할 거고."
"알리바이가 있잖아."
"정확하진 않잖아요. 도영철이 살해당할 때는 방에 있었다고 했죠?"
"도영희가 방에서 나오는 걸 아가씨들이 못 봤다잖아."
"아가씨들이 자리를 비웠을 때 방에서 나와서 도영철

> 을 죽이고 역시 아가씨들이 자리를 비웠을 때 방으로
> 다시 들어갔을지도 모르는 일이잖아요?"
> "이론적으로는 그런데, 쉽지 않은 일이지. 게다가 여자
> 잖아. 이남순 할머니야 그렇다 쳐도, 도영철이나 김학
> 선을 제압하는 일이 쉬웠을까?"

구형사는 도영희가 칼을 들고 도영철과 김학선을 찌르고 사체를 훼손하는 장면을 떠올렸다. 쉽게 상상이 가지 않았다. 그리고 또 하나의 알리바이가 떠올랐다.

> "김형사야. 그럼 이건 어떻게 설명할래? 이남순 할머니
> 를 죽인 범인은 택배 기사로 위장을 했어. 화면에 실루
> 엣이 잡혔는데 얼굴이 확실하진 않지만 도영희하고는
> 분명히 체격이 달랐다고."
> "공범?"

구형사는 순간 얼어붙은 듯 멈춰있었다. 김형사가 계속했다.

> "도영희의 강력한 동기와 남자 공범의 피지컬이 합쳐
> 진다면 다 설명이 되지 않나요? 그 남자조차도 골목
> 안의 남자라면 제일 확실할 테고요."

몸에 찌르르 전기가 흐르는 기분이었다. 충분히 가능한 추리다. 구형사는 허공에 초점을 던진 눈으로 중얼거렸다.

> "골목 안의 남자들이라면 남아있는 삼촌들이 전분데.

성태 삼촌은 도영희가 시키는 데로 살인을 저지를 사람이 아니지. 가정까지 있는 사람이니. 조폭 막내 녀석은…… 그 녀석도 도영희가 시키는 대로 할 리가 없어."

구형사는 남은 남자를 떠올렸다. 동네 바보라면 어떨까? 누나의 유혹에 넘어간다면? 도영희라면 민식이 삼촌 정도는 충분히 홀리고도 남을 여자다. 완전히 자기 사람을 만들어버린 다음에 살인을 지시한다?

물론 반대 논리도 있다. 일단 지능이 떨어지는 인물은 공범으로는 기피대상 1호다. 통제가 안 되니까. 시킨 대로 깔끔하게 범행을 완수할 가능성도 적고 범행 사실을 다 불어버릴 수도 있는 일이다. 세 건의 살인 모두 아주 치밀하게 마무리되었다. 증거도 하나 없을 정도로. 그리고 직접 만나서 형사를 대할 때도 민식이 삼촌은 전혀 의심할 만한 구석이 없었다. 보통 사람도 형사 앞에서는 꼬투리를 잡히기 마련인데.

구형사는 민식이 삼촌이 용의자라는 가설을 반박하는 논리를 김형사에게 설파했다. 그러자 김형사는 어깨를 으쓱 올렸다.

"물론 그럴 수도 있지만, 어쨌든 지금은 제일 유력한 용의자의 조건 아닙니까?"

두 형사는 순댓국 식당에서 나와 바로 경찰서로 향했다. 이남순 할머니의 아파트에서 나온 CCTV 화면에 찍힌 용의자의 사진을 한참 동안 들여다보았다.

야구모자를 깊이 눌러쓰고 비옷 모자까지 뒤집어쓴 차림이라 얼굴이 정확히 보이진 않았다. 다만 키와 체격, 모자 아래로 드러난 얼굴 형태는 가늠이 되었다. 특히 모자 아래로 보이는 하관은 꽤 선명했다. 얼굴에 살이 별로 없고 턱 윤곽이 선명한 형태였다.

구형사는 용의자의 사진에 민식 삼촌의 얼굴을 대입해보았다. 하관은 비슷하다. 얼굴이 좁고 턱이 뾰족한 성태 삼촌이나 살이 통통하게 찐 조폭 녀석의 얼굴과는 완전히 다르다.

그러나 그 정도로 턱의 윤곽이 비슷한 사람은 널린 것이 또 사실이었다. 당장 옆에 서 있는 김형사만 해도 하관은 사진 속 용의자와 흡사하지 않은가.

그럼에도 불구하고 가능성이 눈앞에 꼬리를 살랑거리고 있는데 보고만 있을 수는 없다. 잡아 봐야지. 도망가기 전에.

"민식이 삼촌 연락처하고 거주지 확보하고 있지?"
"네. 골목 사람들 연락처하고 거주지는 골목 비울 때 전부 확보해놨습니다."
"서로 데리고 와. 나는 도영희 한 번 더 만나보고 가게에 루미놀 검사라도 해봐야겠어."
"옛썰!"

김형사는 재빨리 자기 책상으로 돌아갔다.

구형사는 의자에 털썩 앉아서 마른세수를 했다. 그리고 핸드폰을 열어 도영희의 전화번호를 액정에 띄웠다. 기묘한 느낌이 감도는 그녀의 얼굴을 떠올리는 것만으로도 마음이 무거워졌다. 심호흡을 하고 통화 버튼을 눌렀다. 그녀가 전화를 받지 않아서 문자를 남겼다.

영등포서 구민준 형사입니다. 연락 부탁드립니다.
중요한 일입니다.

문자를 보낸 그는 핸드폰을 내려놓았다. 그제야 그는 중요한 사실 하나를 깨달았다. 박근식이 살해되던 날 밤 민식이 삼촌은 도영희와 함께 미선 옆에 있었다. 박근식은 미선을 폭행하고 도망가다가 범인에게 살해당했다. 그러므로 폭행당한 미선 옆을 지키고 있었던 민식이 삼촌은 자기 손으로 박근식을 죽이기가 불가능하다. 물론 도영희도 용의선상에서 벗어난다.

김형사가 다시 와서 서류를 건네주었다.

"이거 업소 사람들 연락처들입니다. 민식이 삼촌 연락처도 있어요."

구형사는 고개를 내저었다.

"잘못 짚었어. 도영희, 민식이 삼촌 모두 알리바이가 있어."

구형사의 설명을 들은 김형사도 에이 씨, 하면서 수긍을 했다. 구형사는 맥이 풀렸다. 지친다. 이런 느낌은 좋지 않은데. 이런 느낌이 들 때면 사건이 종종 기약 없이 길어지다가 미결로 끝나는 경우가 많았지. 갑자기 피로가 쏟아졌다. 그녀가 보고 싶었다.

―

미선은 한 번도 지찬이 담임선생님을 뵌 적이 없었다. 아이는 기

죽지도 않고 서운한 티도 내지 않았지만 늘 아이한테 미안한 부분이었다. 점심시간까지 식당일을 마치고 오후에 학교를 찾아가기까지 미선은 수십 번을 망설였다. 선생님을 마주한다는 사실 자체가 두려웠다. 선생님의 눈에 그녀가 하는 일이 훤히 다 보일 것만 같은 착각 때문이었다.

 '지찬이 어머님, 몸을 파세요?'

마치 그렇게 얘기할 것만 같았다. 그러나 지금이 아니면 다신 기회가 없을 것 같아 용기를 내어 학교를 찾았다. 비타민 음료 한 박스를 손에 들고.
 지찬이의 담임선생님은 조그만 얼굴에 안경을 쓴 50대 초반의 여교사였다. 그녀는 미선을 보자마자 지찬이 칭찬을 늘어놓았다.

 "우리 반에서 제일 의젓한 아이가 지찬이거든요. 뭐든 다 열심히 하려고 해요. 또래 아이들처럼 장난을 치는 일도 별로 없고. 오히려 너무 애가 애 같지 않아서 걱정이 될 정도라니까요. 하하. 가정교육을 참 잘 받았나 싶었는데, 어머님이 참 잘 키우셨네요. 지찬이가 아빠 얘기는 전혀 안 하던데……"

선생님이 궁금해하시는 것 같아 미선은 잘 꺼내지 않는 기억을 꺼냈다.

 "지찬이 아빠는 지찬이가 두 살 되던 해에 죽었어요. 고깃배를 탔는데 배가 난파되어서. 찾지도 못했어요."

집 밖으로 나갈 엄두가 나지 않을 정도로 추웠던 어느 겨울날이었다. 남편 건우가 다니던 선박회사에서 전화가 걸려왔다. 남편이 타고 있는 배가 거제도 앞바다에서 침몰했다고. 60톤짜리 꽃게잡이 배에는 남편을 비롯해 모두 12명이 타고 있었다. 그중 아홉 명이 구조되고 세 명은 끝내 찾지 못했다. 남편도 돌아오지 못한 셋 중 하나였다. 벌써 10년이 다 되어 가는, 되도록 떠올리지 않으려고 하는 일이었다.

"아이고. 정말 힘드셨겠어요. 그런데도 이렇게 아이를
바르게…… 정말 대단하세요, 어머님."

선생님이 손을 꼭 잡아주었다. 미선은 선생님의 칭찬에 고개를 들기 어려웠다. 내가 한 게 뭐가 있다고. 일주일에 하루밖에 아이를 못 봤는데. 숙제 한 번 봐 도와준 적이 없는데.
지찬이의 얼굴이 떠오르자 동시에 눈물이 차올랐다. 고개를 숙인 미선의 눈에서 눈물이 뚝뚝 떨어지기 시작했다.

"어머, 어머니! 왜 우세요."

선생님이 놀라서 휴지를 건네주었다. 미선은 목이 메어 웅얼거렸다.

"아이한테 해 준 게 아무것도 없어요. 저는 정말 나쁜
엄만데……"

당황한 선생님이 미선의 손등을 토닥여주었다.

"어머니. 가정환경이 힘들다는 건 짐작했습니다. 혼자 생계를 책임지시느라 애를 많이 못 돌봐주셨겠지요. 하지만 제가 아이들을 가르치다 보면 하루 종일 애 옆에서 엄마가 붙어있는 경우가 더 안 좋을 때도 많아요. 어떤 아이는 결핍을 채우기 위해 또래보다 더 열심히 공부하고 빨리 성숙해지죠. 지찬이가 그런 경우에요. 제가 물어봤더니 지찬이는 엄마를 기쁘게 해주기 위해, 엄마한테 칭찬을 들으려고 공부한대요. 그러니 어머님은 지금처럼 아이를 계속 사랑해주시기만 하면 됩니다."
"저는 지찬이를 사랑해요. 정말로 사랑해요."

봇물이 터진 것처럼 미선의 눈물은 멈출 줄을 모르고 줄줄 흘러나왔다. 선생님은 화제를 돌리려는 의도에선지 다른 화제를 꺼냈다.

"그거 아세요? 지찬이가 평소에 친구들하고 절대로 안 다투는데 제가 담임을 맡고 딱 한 번 친구하고 싸운 적이 있어요. 그 이유가 정말 웃긴데, 뭔지 아세요?"

미선은 통통 부은 눈을 껌벅이며 담임을 쳐다보았다.

"서로 자기 엄마가 더 예쁘다고 자랑하다가 싸운 거예요. 정말 귀엽죠? 그런데 지금 보니까 지찬이 말이 맞는 것 같네요."

잠시 멈췄던 눈물이 다시 샘솟았다. 미안해 지찬아. 엄마가 미안해. 엄마는 어떡해야 하니?

―

집으로 돌아가는 길 내내 고민을 되풀이했다.

지찬이를 뒷바라지해주려면 계속 돈을 벌어야 하는데. 더 이상 부끄러운 엄마로 살고 싶지 않은 마음도 딱 그만큼이었다.

주택가 골목으로 들어선 그녀는 등 뒤에서 느껴지는 낯선 기운에 걸음을 멈추었다. 누군가 그녀를 쫓고 있는 기분이었다. 주위를 돌아보았으나 특별히 수상한 사람의 모습은 보이지 않았다. 그렇지만 사람의 시선이 닿을 때만 느껴지는 미묘한 기운만큼은 또렷했다.

불안함 속에 멈춰 서 있는데 핸드폰이 울렸다. 구형사였다. 액정에 뜬 그의 이름을 보는 것만으로도 마음이 한결 놓였다. 그녀는 얼른 전화를 받았다.

"형사님! 안녕하세요?"

힘차게 인사한 것까지는 좋았는데 지나치게 목소리가 밝았나 싶어 조금 민망했다.

"잘 지내셨어요?" 구형사가 물었다.
"네. 그럭저럭 지내고 있어요. 수사는 좀 진전이 있나요?"

"뭐 꼬리가 잡힐 듯 말듯, 열심히 뛰어다니고 있습니다.
 쉽지는 않네요."
"네…… 그렇겠지요."
"미선씨. 시간 괜찮으시면 저녁이라도 하실래요?"
"오늘 저녁이요?"
"네. 바쁘세요?"
"아뇨. 바쁜 건 아닌데. 그럼 그럴까요?"

이번에도 미선은 너무 쉽게, 신이 나서 대답을 한 것 같아 민망했다. 그런데 구형사는 뜻밖의 이야기를 했다.

"지찬이가 중국 음식 좋아한다고 했죠? 서교동 쪽에 아
 주 맛있는 중국식당이 있어요. 같이 가죠."
"지찬이랑 같이요?"
"네. 아무래도 애 혼자 놔두고 나오시면 신경도 쓰이실
 것 같고."

미선은 가슴이 묵직해졌다. 이렇게 세심하게 마음을 써 주는 사람을 만난 기억이 까마득했다. 지찬이 아빠와 처음 연애할 때 잠깐 정도? 그 사람도 살가운 편은 아니어서 배려를 받고 있다고 느낀 적은 거의 없었다.

미선은 보이지도 않는데 대답 없이 고개만 끄덕이고 있었다. 대답을 못 들은 구형사가 한발 물러섰다.

"애하고 같이 만나는 게 불편하세요? 그러면 둘이 만
 나죠. 저는 지찬이한테 짜장면이라도 한 그릇 사주려

고……."
"아니요. 괜찮아요. 그런데 매번 신세 지는 게 죄송해서……"
"저야 뭐 월급 받아서 쓸 데도 없습니다. 저야말로 이런 기회 핑계 삼아 맛있는 것도 사 먹고 그러는 거죠."
"정말 고맙습니다."
"그럼 이따 다시 전화 드릴게요. 제가 일 끝나고 태우러 가겠습니다."
"네……."

미선이 말꼬리를 흐리고 있는데 구형사가 전화를 끊었다. 얼떨떨했다. 생각지 못한 행운과 맞닥뜨렸을 때 느끼는 얼떨떨함이었다.

미선은 가벼운 발걸음으로 집으로 향했다. 맛있는 짜장면을 먹고 행복해할 지찬이의 웃는 얼굴을 떠올리면서. 누군가 그녀를 따라오고 있는 것 같던 느낌은 까마득하게 잊어버렸다.

딱 한 가지, 엄마가 신경 쓰이긴 했다. 지찬이까지 데리고 나가면 혼자 식사를 드시라고 해야 하는데. 남자하고 같이 밥을 먹는다는 말을 어떻게 할지도 고민이었다. 지찬이가 분명히 다 얘기할 텐데. 어쩔 수 없다. 그냥 말하는 수밖에.

집에 도착한 그녀가 현관문을 열자 지찬이가 멀뚱하게 서 있었다. 평소와는 다른 표정이었다.

"엄마, 할머니가 갔어."
"할머니가 가? 어디로? 복지센터 가셨다고?"
"아니. 되게 멀리 간 것 같아. 엄마도 몰랐어? 나 학원

갔다 오니까 할머니는 없고 편지만 책상에 있었어."

그러면서 지찬이는 차곡차곡 접힌 하얀 종이를 내밀었다. 한 글자 한 글자 손으로 써내려간 편지였다.

지찬아. 할머니야. 한글 공부를 열심히 했더니 우리 지찬이한테 이렇게 편지도 쓸 수 있고. 아주 좋구나. 할머니 제법 글씨 잘 쓰지? 할머니가 아주 멀리 여행을 떠나게 되었어.
　　　　우리 지찬이 이쁜 얼굴 보면 발이 안 떨어질 것 같아서 이렇게 편지를 남겨놓고 간다. 미안해. 아주 멀리 아주 오래 가 있을 테니까 할머니 기다리지 마. 보고 싶어 하지도 말고. 할머니가 우리 지찬이 몫까지 다 보고 싶어 할게. 이제부터 엄마가 매일매일 지찬이랑 같이 자고 같이 살 수 있을 거야. 그러니까 엄마 말씀 잘 듣고 지금처럼 공부도 잘하고 지내렴. 지찬이가 다 커서 어른이 되면 할머니가 돌아올지도 모르겠다. 그때쯤 되면 지찬이가 할머니를 기억할까?
　　　　우리 예쁜 손주 지찬아. 할머니는 지찬이를 세상에서 제일 사랑해. 제일로 제일로 사랑해.

편지를 다 읽은 미선의 손이 파르르 떨렸다.

"할머니 이제 진짜 잘 쓰지? 맞춤법도 다 맞았어."

지찬이는 눈을 깜박이며 다른 편지 하나를 더 내밀었다.

"이거는 엄마한테 쓴 편지야."

또 다른 편지는 봉투에 넣은 채 풀로 봉투입구를 붙여 놓았다. 봉투에 세 글자가 적혀 있었다. 딸에게.

미선은 자꾸만 힘이 빠지는 손가락에 겨우 힘을 줘서 봉투를 뜯었다. 역시 손으로 꼭꼭 눌러쓴 글자가 보였다.

미선아. 내 이쁜 며느리. 이제는 내 딸. 너를 처음 봤을 때부터 세상에 둘도 없이 착한 아이라는 걸 알았다. 건우가 그렇게 되고 니가 나를 계속 모시고 산다고 할 때 내가 집을 나왔어야 했는데. 늙은이가 무슨 부귀영화를 보겠다고 지금까지 짐이 되어 너를 힘들게 했구나.

미선아. 너는 잘못한 게 하나도 없다. 모든 게 내 잘못이야. 내 병원비 대느라고 니 몸이 축나는 거, 이제는 더 볼 수가 없다. 내가 없으면 험한 일 안 하고도 지찬이하고 둘이 오순도순 살 방법이 있을 거다. 니가 살아야 나도 산다. 지찬이가 살아야 나도 산다. 그런데 내가 옆에 있으면 너희들이 살 수가 없으니, 그래서 나는 떠날 수밖에 없다. 내가 살기 위해 떠나는 거야.

미선아. 내 이쁜 딸아. 마지막으로 부탁이 있다. 나를 찾지 마라. 아주 멀리 여행을 갔다고 생각하여라. 너는 아직 젊으니까. 더 이상 몸 축내지 말고 좋은 남자 만나서 새롭게 살아라. 건우를 만나면 내가 잘 얘기해주마. 너는 할 만큼 했다고. 넘치게 했다고.

냉장고에 밑반찬들 해서 넣어두었다. 한참은 먹을 거다. 지찬이 태권도 학원비 내고 남은 돈은 책가방 앞주머니에 넣어두었다. 너희들 얼굴을 보면 차마 발걸음이 안 떨어질 것 같아서 이렇게 편지를 놓고 간다. 해준 거 하나 없이 짐만 되다가 가는 엄마를 용서해라. 나는 참 못난 시어미였지만 너는 최고의 며느리였다. 항상 고맙고 미안했다. 그것은 꼭 알아주었으면 한다.

미선의 손에서 종이가 스르륵 미끄러졌다. 그녀의 턱이 파르르 떨렸다. 요즘 들어 왜 글 쓰는 연습을 그렇게 열심히 하셨는지 이제야 이해가 갔다. 그녀는 바닥에 떨어진 편지를 주워 주머니에 넣고는 지찬이의 어깨를 꼭 잡았다.

"지찬아. 엄마 잠깐 나갔다 올 테니까 집에 꼼짝 말고 있어."
"어디 가는데?"
"할머니 찾으러."
"할머니 멀리 갔다는데?"
"혹시 아직 멀리 못 가고 근처에 계실지도 모르니까."

미선은 아이를 집에 두고 집을 뛰쳐나왔다. 미친 여자처럼 엄마를 외치며 집 주변의 골목을 뛰어다녔다. 숨이 찬 줄도 모르고 큰길까지 나가서 찾고 다녔지만, 엄마의 모습은 보이지 않았다.
    남편은 무뚝뚝했지만, 시어머니는 살갑기가 그지없는 분이셨다. 홀어머니를 모시고 사는데도 불편하다고 느낀 적이 없을 정도로.
    지찬이 아빠가 바다에서 사라진 뒤에 먼저 정신을 차리고 미선을 북돋아준 것도 시어머니였다. 그녀는 짐으로 살았다고 편지에 썼지만, 그녀가 아니었다면 미선은 지금까지 버티고 살 수 없었을지도 몰랐다.

가족도 하나 없는 고아였던 미선에게 그녀는 한 번도 시어머니였던 적이 없었다. 엄마라고 불러서 엄마였던 것이 아니라 엄마이기 때문에 엄마라고 불렀다.

숨이 턱까지 차오른 미선은 결국 골목에 주저앉았다. 표정만으로도 마음을 쓰다듬어주는 엄마의 넉넉한 미소가 눈에 선했다. 얼마나 더 울어야 오늘이 끝날까? 해가 넘어가는 하늘 아래 미선은 줄줄 눈물을 흘리며 주저앉아 있었다.

—

미안해요. 오늘은 못 보겠어요. 사정이 생겨서요.

미선의 문자였다. 식당에 예약까지 해두고 막 나가려던 참이었던 구형사에게는 상당한 허탈감을 안겨주는 문자였다. 전화를 해서 이유를 물어볼까 하다가 말았다.

네. 알겠습니다.

간단하게 답장을 보내고 구형사는 혼자 갈비탕 한 그릇으로 저녁을 해결했다. 집으로 돌아가는 길이 괴롭도록 헛헛했다. 고층빌딩과 네온사인들이 뿜어내는 화려한 불빛이 외로움을 더 초라하게 만들었다.

그는 핸들을 꺾었다. 집으로 돌아가지 못하고 정처 없이 달렸다. 결국, 차를 멈춘 곳은. 그녀의 집 앞이었다.

"하아."

구형사는 한숨을 토해냈다. 어쩌려고 이 시간에 여길 찾아온 걸까. 그는 자신의 수상한 마음을 차마 똑바로 보지 못하고 있었다. 그저, 어쩌려고, 어쩌려고…… 겁만 내고 있었다.

그는 라디오 볼륨을 높였다. '장기하와 얼굴들'의 노래가 흐르고 있었다. '사람의 마음이란 어렵고도 어렵구나. 하지만 오늘 밤엔 잠을 자자. 푹 자자.'

그러나 구형사는 이대로 잠들 수 없었다. 눈을 감고 있다가 노래가 끝나고서야 눈을 떴다. 그녀가 있었다. 차 앞에. 어찌된 일인지 마중이라도 나온 듯 차 앞에 서서 눈만 껌벅거리고 있는 여자의 얼굴은 분명히 미선의 얼굴이었다.

비현실적인 상황을 받아들이느라 잠시 멍하니 있던 구형사가 차에서 내렸다. 잘못 본 것이 아니었다. 현실의 그녀가 있었다. 홈드레스에 점퍼를 걸치고 맨발에 운동화를 신고 나온 걸 보니 급하게 집에서 나온 모양이었다.

무슨 말을 어떻게 할지 몰라 머뭇거리고 있는 구형사에게로 그녀가 다가왔다. 그리곤 그대로 안겨버렸다.

'형사님.'이라는 짧은 말 뒤에 그녀의 눈물이 쏟아졌다. 구형사는 계속해서 벌어지는 얼떨떨한 일들을 이해하기를 포기하고, 그저 그녀의 등을 토닥여주었다.

"괜찮아요. 이제 괜찮아요."

구형사의 토닥임에 미선의 오열은 더욱 커졌다.

"그래요. 실컷 울어요."

그녀의 떨림이 안타까웠다. 무슨 일인지는 몰라도 무작정 돕고 싶었다. 그리고 이 와중에 그녀의 살 내음이 좋았다. 풍성한 머리칼에서 흐르는 옅은 샴푸 냄새도.

얼마 만에 안아보는 사람인지. 얼마 만에 맡아보는 사람 냄새인지. 구형사는 그녀의 흐느낌이 완전히 진정될 때까지 그녀를 안고 기다렸다. 구형사의 티셔츠가 축축해질 정도로 눈물을 쏟아낸 미선이 천천히 평정을 찾았다.

"죄송해요 형사님."

정신을 차린 그녀가 그의 품에서 빠져나왔다.

"무슨 일이에요?"

구형사가 묻자 미선은 다시 눈물을 터뜨리려고 했다.

"안 되겠다. 차에 타고 얘기해요."

구형사는 미선을 차에 태웠다. 그리고 옆에 앉아 차분하게 기다렸다. 그녀가 입을 열 때까지.

미선은 입을 여는 대신, 주머니에서 편지를 꺼내 건네주었다. 편지를 읽은 구형사는 상황이 대충 짐작이 되었다. 미선이 살아온 인생이 어땠는지도. 몸을 파는 여자치고는 여리고 착할 것 같았던 인상이 착각이 아니라는 것도 확인했다. 미선은 간절한 얼굴로 물었다.

"실종신고를 내려고 경찰서에 갔었는데 이건 납치나 실종이 아니라 가출이라서 경찰서에서 수사를 할 수가 없대요."
"네. 규정상 그렇긴 합니다."
"우리 엄마 찾아주세요! 찾을 방법이 없을까요?"
"짐작 가는 데는 없고요?"
"전혀 모르겠어요. 저는 편지를 읽으면 읽을수록 엄마가 잘못될 것만 같아서. 무서워서 죽겠어요."

구형사의 생각도 크게 다르지 않았다. 할머니가 또박또박 적어놓은 글자 하나하나마다 생을 마감하려는 사람에게서만 느낄 수 있는 비장함이 느껴졌다. 자식에게 폐가 되지 않으려고 자살로 생을 마감하는 극빈층 노인들의 자살은 영등포 관할에서도 적지 않았다.

"미선씨. 죄송한 이야기지만 할머니를 찾는 일은 당장은 쉽지 않아 보입니다. 버스터미널이나 기차역의 CCTV를 까본다면 모를까. 이건 본인이 제 발로 나간 단순가출이기 때문에 경찰력을 동원하기가 어려워요."
"그럼 어떡해요?"

미선의 눈망울에 눈물이 그렁그렁했다. 구형사는 또 안아주고 싶은 마음을 참고 대신 손을 잡아주었다.

"미선씨도 아시잖아요. 어머님이 뭘 원하시는지."
"아무리 그래도······우리 엄마 잘못되면 어떡해요······"

미선이 다시 흐느끼기 시작했다.

"미선씨. 저는 그랬어요. 결국, 산 사람은 살아야 하더라고요. 갈 사람을 막을 수는 없어요. 따라갈 수도 없고요. 살아야죠. 어떻게든 살아야죠."

구형사는 다시 그녀를 안고 등을 토닥이다가 그녀의 머리를 쓰다듬었다. 반복해서 부드러운 머리칼을 쓸어내리던 그의 손이 그녀의 목덜미에 닿았을 때쯤이었다.

누가 먼저 키스를 했는지는 분명치 않았다. 눈물과 콧물이 흘러내린 그녀의 입술은 구형사의 입술과 단단히 엉켜들었다. 흐느낌은 가쁜 호흡으로 변했다.

다른 연인들의 키스와는 달랐다. 살기 위한 처절한 입맞춤이었다. 생의 낭떠러지에 서 본 자들의 교감이었다. 서로에게 내미는 구조의 손길이었다.

미선과의 입맞춤은 한 번으로 끝나지 않았다. 족히 5분은 넘게 이어졌다. 절박하게, 갈급하게.

길고 악착같은 키스가 끝난 뒤 그녀는 차에서 내렸고 구형사도 따라 내렸다. 집으로 들어가려는 그녀의 앞을 구형사가 막아섰다.

"이대로 가면 어떡합니까?"
"죄송해요. 오늘 제가 너무 정신이 없어서요."
"정신이 없어서요? 실수였다는 말입니까?"

미선은 고개를 푹 숙이고 말을 하지 못했다.

"미선씨. 고개 들어요."

구형사가 그녀의 턱을 손으로 들어올렸다.

"죄졌어요?"

놀랍게도 미선은 고개를 끄덕였다.

"미선씨가 무슨 죄를 저질렀는데요?"
"구형사님도 말씀하셨잖아요. 제가 하는 일이 죄라고."
"죄하고 불법은 달라요. 미선씨가 했던 일, 불법 맞아요. 하지만 살기 위해 어쩔 수 없이 했으니, 그것도 아이랑 시어머니를 살리려고 했으니 죄는 아니에요. 이제 안 하면 되잖아요. 어쩔 수 없이, 살려고 그랬다면, 이제는 그렇게 안 살도록 해야죠."
"그럴 수 있을까요?"

미선의 목소리가 형편없이 떨렸다. 구형사는 그녀의 시선을 놓치지 않고 똑똑히 말했다.

"네. 제가 그렇게 만들 테니까요."
"형사님. 자꾸 기대게 하지 마세요."
"왜요? 저한테 기대면 안 돼요?"

미선은 막막한 눈을 깜박였다. 그녀의 마음을 읽은 구형사가 되물었다.

"제가 도망갈까 봐요? 도망 안 갈게요. 미선씨 지켜줄 게요. 지찬이도 제가 지켜줄게요."

미선은 세차게 고개를 흔들었다. 그리고는 집 안으로 뛰어들어 갔다.

구형사는 더 이상 말리지 않았다. 이제 그녀의 대답은 중요하지 않다. 그녀의 마음을 확인했으니. 집으로 돌아오는 그의 마음은 아까보다 더 요동치고 있었다. 고독이 아닌 두근거림으로.

―

식당일을 시작한 지 벌써 보름이 넘었기에 일은 완전히 익숙해졌다. 몸만 고생하면 되는 일이어서 미선은 식당일이 싫지 않았다.
유난히 바쁜 하루였다. 끝도 없이 밀려드는 손님들을 서빙하고, 남겨진 그릇들을 치우면서 미선은 두 가지 전혀 다른 생각에 머리가 터질 것만 같았다. 어떻게 이런 일이 같은 날에 일어날 수 있는지, 그것이 어이없을 정도였다.
어제 편지를 남기고 사라진 엄마는 아직도 소식이 없었다. 틈만 나면 전화를 걸고 메시지를 남겼지만, 엄마의 전화는 꺼진 채 묵묵부답이었다. 그녀가 꼭 자살할 것만 같아, 생각만 하면 가슴이 죄어왔다.
구형사와의 일은 정반대의 감정을 불러왔다. 왜 어젯밤에 그렇게 키스를 하게 되었는지는 정말 아무리 돌이켜봐도 기억이 나지 않았다. 손님이 아닌 다른 남자와 입을 맞춘 지가 하도 오래되어 그녀는 마치 소녀 시절로 돌아간 설렘마저 느꼈다.
구형사는 지켜주겠노라고 말했다. 앞으로도 함께 있겠노

라 말했다. 미선은 그의 말을 믿지 않으려고 애썼다. 구형사가 믿지 못할 사람이라서가 아니라, 자신과 지찬이를 지켜주는 일이 얼마나 어려운 일인지를 알기에. 심지어 끔찍한 과거를 다 알면서도 그럴 수 있을까? 성자라도 힘들 일일 테지.

그래도 고마웠다. 일시적인 호감이어도, 객기에 뱉은 약속이어도 좋았다. 그녀는 다짐을 하듯 되뇌었다.

만약 언젠가는 떠난다 해도 그가 좋은 사람이라는 사실은 바뀌지 않을 거야. 다만 내가 너무 힘든 여자일 뿐.

오늘 아침에도 구형사가 전화를 했었다. 별말은 하지 않았다. 힘들 텐데 조심해서 일하라고. 조만간 지찬이하고 맛있는 거 먹으러 가자고 했다. 다만 그는 반말을 썼다. 이제는 계속 반말을 쓰겠다며 이렇게 말하기도 했다.

미선이 너도 이제 형사님 형사님 하지 말고 오빠라고 불러.

미선은 어쩔 수 없이 전화를 끊으며 말했다.

오빠도 몸조심하고 수고하세요.

단체 손님이 남긴 산더미 같은 그릇더미를 치우면서 미선은 엄마의 얼굴을 떠올렸다. 그녀에게 물었다. 엄마. 나 이래도 돼요? 엄마가 죽겠다고 떠났는데, 나 이래도 돼요?

식당일을 마치고 집에 돌아가는 길에 미선은 푸드 트럭에서 파는 통닭을 샀다. 만원에 두 마리. 민식이가 짜장면만큼 좋아하는 음식이 통닭이었다.

흐뭇한 냄새가 올라오는 비닐봉지를 들고 골목길을 걷는

데, 어디서 많이 보던 다마스 한 대가 집 앞에 서 있었다. 고개를 갸웃하며 다가간 그녀 앞에 반가운 얼굴이 모습을 드러냈다.

"미선아. 나 왔어."

히죽거리며 웃는 얼굴의 주인공은 민식이 삼촌이었다. 미선은 자동적으로 환한 미소를 지었다.

"삼촌, 그동안 잘 지냈어요? 요즘 어디서 지내요?"
"나 영희 누나네 집에서 같이 지내. 지금 영희 누나 조기 앞에 와 있어. 미선이 얼굴 잠깐만 보고 싶어 하니까 같이 가자."
"여기 영희 이모가 와 있다고요?"
"그래그래. 조기 앞 커피집에. 내가 미선이 태우러 왔다."

그러면서 민식이 삼촌은 다마스 유리창을 탁탁 쳤다.
 가끔 티켓다방이나 출장안마를 뛰는 아가씨들을 실어 나르던 다마스였다. 미선은 반가운 마음에 성큼 차에 올랐다.
 영희 이모는 항상 아가씨들한테 잘해주던 이모였다. 특히 미선을 예뻐했다. 속이 깊은 데가 있어서, 미선은 그녀에게 힘든 사정을 종종 털어놓곤 했다. 얼른 그녀를 만나 엄마의 가출과 도 형사 이야기도 털어놓고 싶었다. 조언도 구하고 싶었다.
 민식이 삼촌은 늘 그랬듯 콧노래를 부르며 운전했다. 골목에 있을 때와 달라진 게 하나도 없다. 선심 쓰듯 비타500 한 병을 쓱 건네는 것도 그렇고.

"영희 이모는 별일 없죠?"

"응응. 영희 누나는 잘 지내고 있다. 다른 곳에서 사업 시작하려고 준비 중이다."

미선은 영희 이모가 하려고 하는 사업이 어떤 사업인지 궁금했다. 배운 게 도둑질이라고, 아가씨 장사밖에 할 줄 아는 게 없을 텐데.

그러고 보니 자신을 만나려고 민식을 보낸 이유도 새로운 곳에서 일하자고 제안을 하기 위해서가 아닐까 싶었다.

미선은 마음이 무거워졌다. 어제까지만 해도 그녀는 어쩔 수 없다고 생각했다. 그녀가 유일하게 가진 한 가지, 몸을 팔아서 살 수밖에 없다고. 그러나 하루 만에 상황이 바뀌었다. 엄마의 병원비를 댈 필요가 없으니 식당에서 일해서 버는 돈으로도 지찬이를 키우며 살 수 있을 것 같았다. 구형사는 도와주겠다고 했지만, 그에게 기대려는 생각은 하지 않고 있었다. 다만 구형사 때문에라도 다신 몸을 팔지 말아야겠다는 생각은 들었다.

아무래도 영희 이모하고 더 이상을 일하지 못할 것 같았다. 미안하지만 어쩔 수 없다. 그녀는 마음을 정했다. 더 이상 골목에서 일하지 않는다. 그에게 입을 맞춰준 남자 때문에라도, 집을 떠난 엄마의 뜻을 지키기 위해서라도, 무엇보다 지찬이에게 더 이상 부끄러운 엄마가 되지 않기 위해.

그녀의 굳은 결심과 달리, 눈앞은 자꾸 흐려졌다. 졸음이 쏟아졌다. 도저히 막을 수 없는 졸음이 늪처럼 그녀를 집어삼켰다.

구형사는 오후 내내 몇 번이나 핸드폰을 뒤적였는지 몰랐다.

미선이 연락이 되질 않았다. 문자, 카톡, 전화, 모두 응답이 없었다. 아침에만 해도 그녀와 통화했었다. 밝은 목소리는 아니었지만 수줍게 오빠라고 부르는 그녀의 목소리가 하루 종일 구형사를 힘나게 했는데.

미선의 식당일이 끝나는 저녁 시간까지도 연락이 없자 구형사는 바로 미선의 집으로 달려갔다. 퇴근 시간의 꽉 막힌 도로는 구형사의 조바심을 부채질했다. 가는 동안에도 계속 전화를 하고 메시지를 보냈지만 역시 답은 없었다.

여러 가지 가능한 상황이 그의 머리를 공격했다. 대부분 끔찍한 상황이었다. 그는 좋지 않은 생각을 하지 않으려고 애썼다. 아니겠지? 무슨 일이 있는 건 아니겠지?

평소에는 이십 분이면 갈 거리를 한 시간이나 걸려서 도착했다. 구형사는 도착하자마자 차를 세우고 미선의 집으로 뛰어 올라갔다. 바로 벨을 눌렀다. 제발 제발 제발…… 중얼거리면서.

만약 그녀가 그냥 그의 연락을 무시했다 해도 화내지 않겠다고 다짐했다. 더 이상 그와 연락을 하지 않겠다고 해도, 받아들이기로 했다. 제발 무사하기만을 빌었다. 제발 그녀의 목소리가 들리기만을 빌었다. 안에서 묻는 소리가 들렸다.

"누구세요?"

어린아이의 목소리였다.

"지찬이니? 아저씨 엄마 친구야. 엄마 안 들어오셨어?"

그의 목소리가 다급했다.

"엄마 안 계세요."
"지찬아. 잠깐 문 좀 열어볼래?"

한참 대답이 없다가 작은 목소리가 들렸다.

"어른 안 계실 때는 문 못 열어드려요."

구형사는 핸드폰을 꺼냈다. 그리고 미선의 전화번호를 불러주었다.

"이거 엄마 전화번호 맞지? 아저씨 엄마 친구야. 아! 얼마 전에 아저씨가 지찬이한테 미니카 사줬는데, 받았니?"

잠시 후, 문이 열렸다. 눈이 크고 얼굴이 말간 아이가 겁먹은 표정으로 문틈으로 쳐다보고 있었다.
아이의 얼굴을 보자 구형사는 숨이 턱 막힐 정도로 막막해졌다. 처음 보는 아이인데도 설명하기 힘든 인연의 끈이 맞닿은 느낌이었다. 그녀를 지켜주고 싶은 만큼, 이 아이를 지켜주고 싶었다.

"엄마 어디 계시는지 아니?"

아이는 고개를 저었다.

"연락도 안 되고?"

"전화를 안 받으세요."

아이의 목소리가 떨리고 있었다. 아이의 전화까지 안 받는다면, 이건 심각한 문제다. 순간 애써 밀어내던 기시감이 구형사를 엄습했다. 차가운 시체로 골목에 나뒹굴던 아내의 모습이 번개처럼 뇌리에 번득였다. 그는 아득한 절망감에 무릎을 꿇을 뻔했다. 아이 앞에서.

"아저씨, 우리 엄마 어디 있는지 아세요?"

아이의 애처로운 목소리를 듣자 정신이 들었다. 아이의 얼굴을 살폈다. 아이는 애써 두려움을 감추고 있었다. 구형사는 아이의 손을 꼭 잡아주었다.

"지찬아. 저녁 먹었니?"

아이가 고개를 내저었다.

"일단 저녁부터 먹자. 그리고 아저씨가 엄마 찾아올게."

―

아이는 쉽게 경계심을 풀지 않았다. 짜장면을 먹으면서도 틈만 나면 구형사의 얼굴을 흘깃거렸다.

아이의 맑은 눈을 볼 때마다 구형사의 꽉 다문 턱이 실룩

거렸다. 그는 공포와 싸우고 있는 중이었다.

집중해야 해. 그는 시켜놓은 짜장면을 먹는 둥 마는 둥 깊은 생각에 빠져 있었다. 간단한 질문의 답을 구하기 위해서.

미선은 어디에 있을까? 단순히 연락이 안 되는 상황일 수 있다. 이를테면, 일이 늦어졌는데 핸드폰을 잃어버려서 연락이 안 되는 상황일 지도 모른다. 그럴 가능성도 적지 않고. 그러나 직감의 나침반은 다른 방향을 자꾸 가리켰다. 누군가 그녀를 데려갔다고.

구형사는 결국 식당 밖으로 잠깐 나가서 김형사에게 전화를 걸고 말았다.

"지금 윤미선씨가 사라졌어."
"그래요? 신고가 들어왔나요?"

구형사는 미선과 자신의 관계를 자세하게 설명할 여유가 없어 둘러대었다.

"아이가 있는데, 엄마가 집에 안 들어오고 있대."
"언제부터요?"
"평소에 집에 늦게 들어오는 법이 없는데 보통 때보다
 몇 시간 지났는데도 집에 안 오고 있어. 연락도 계속
 안 되고."
"흠…… 아직 초저녁인데 좀 기다려보는 게 어떨까요?"

구형사는 낮고 단호한 목소리로 말했다.

"원준아. 감이 좋지 않다."

김형사는 금방 구형사의 뜻을 알아들었다.

"알겠어요 선배. 일단 실종 신고 내고, 저도 찾아보겠습니다."
"가족들은 신경 쓸 필요 없어. 가족이래봐야 아이 밖에 없으니까. 골목 사람들한테 연락해서 물어봐."
"네, 선배님."

전화를 끊은 구형사는 다시 식당으로 들어왔다. 아이는 짜장면을 다 먹고 냅킨으로 입 주변을 닦고 있었다. 구형사는 아이 옆에 털썩 앉아서는 머리를 박박 긁었다.

만에 하나, 범인이 미선을 데리고 갔다면? 미선의 동선으로 볼때, 일하는 식당하고 집 사이에서 납치를 하는 방법 밖에 없다. 구형사는 어림짐작으로 거리를 가늠해보았다. 대략 오킬로미터 정도의 거리. 지하철을 타고 다니니까 식당과 집 주변하고 양쪽 지하철역의 CCTV를 확인해봐야 한다. 무척 오래 걸릴 작업이다. 구형사는 오늘 밤을 새서라도 CCTV를 다 확인해 볼 생각이었다. 마음이 급해졌다. 구형사는 아이에게 물었다.

"다 먹었지?"
"네, 잘 먹었습니다."
"그래. 집에 가자. 지찬이가 집에서 기다리고 있으면 아저씨가 엄마 데리고 올 게."
"네. 빨리 데려다주세요."

구형사는 아이를 데리고 식당을 나왔다. 동네 중국집하고 백여 미터밖에 떨어져 있지 않은 미선의 집까지 걸어가는 동안에도 구형사의 머리는 간절한 속도로 돌았다. 실마리를 찾기 위해. 그러다 어느 지점에서 탁 멈췄다.

단서라고 여기기에도 너무 초라해서 잊고 있었던, 범인의 단서 중 하나. '바'라는 글자. 세 번째 희생자 박근식은 구형사 앞에서 죽어가면서 한 글자를 계속 중얼거렸다.

바…. 그가 하고 싶었던 말은 뭐였을까? 칼에 난자당하고 성기를 잘리고도 끝까지 전하고 싶었던 말…… 범인의 단서가 아니었을까? 그렇다면 그 말은 뭘까? '바'로 시작하는 말.

"지찬아. 아저씨랑 게임 하나 할까?"

아이는 집에 가는 길에 갑자기 멈춘 아저씨를 빤히 쳐다보고 있었다.

"무슨 게임이요?"
"지찬이 끝말잇기 할 줄 알아?"
"네."
"자, 그럼 집까지 가는 동안 심심하니까 우리 끝말잇기 하면서 가자."

구형사는 다시 걸음을 옮기면서 말했다.

"아저씨가 먼저 할게. 음…… 초코바?"

지찬이는 숨 한 번 쉴 정도 생각하더니 수줍게 끝말을 이었다.

"바보."

―

그녀를 꽁꽁 싸매고 있던 어둠이 장막이 조금씩 벗겨졌다. 귀를 막은 듯 들리지 않던 주변 소리도 들리기 시작했다.

정신이 든 미선은 그녀가 처한 부자연스러운 상황에 잠시 얼떨떨했다. 그녀가 깨어난 곳은 엉뚱한 장소가 아니라 가장 익숙한 장소였다. 그녀의 방. 수년 동안 낯선 남자와 눕던 붉은 방에 그녀는 누워 있었다.

평소와 다른 점이 있다면 팔다리가 묶여 있었다. 예수를 매단 십자가를 바닥에 눕힌 것처럼, 그녀는 팔을 벌린 채 침대를 십자가 삼아 누워있었다.

그리고 그녀는 알몸이었다. 이 방에서 늘 그랬듯이. 불이 꺼진 채 촛불만 하나 켜져 있는 방에는 그녀 말고 다른 누군가가 있었다. 그녀는 소리와 냄새로 알 수 있었다. 고소한 냄새가 났고 뭔가를 우적우적 먹는 소리가 들렸다.

"통닭 참 오랜만에 먹네."

익숙한 듯 낯선 목소리. 마치 지금 이 방처럼. 민식이 삼촌이었다. 그런데 특유의 바보 같은 히죽거림이 전혀 없이 냉랭한 목소리였다.

미선의 몸에 소름이 돋기 시작했다. 도미노처럼 줄지은 소름에 온몸이 덮였다. 침대에 누운 채 고정되어 있는 미선은 고개를 돌려도 민식을 볼 수 없었다.

"민식이 삼촌? 맞죠?"
"응. 이름은 맞지만 니가 알던 바보는 아니야."

어른거리는 촛불의 빛 속에서 그가 다가왔다. 그는 몸을 굽혀 미선과 눈을 마주쳤다.
 바보의 얼뜬 표정은 싹 지워진 남자의 얼굴이었다. 눈에는 집념이 서렸고 입가에는 고집스러움이 걸려 있었다. 아가씨들의 심부름을 도맡아 하던 영등포 뒷골목의 착한 민식이 삼촌은 없었다. 미선은 진심을 다해 애원했다.

"삼촌. 저를 왜 이렇게…… 좀 풀어주세요……"
"풀어달라고? 잘 생각해봐. 니가 풀어달란다고 풀어줄 거였으면, 니네 집까지 가서 널 데리고 왔을까? 그리고 이렇게 힘들게 묶었을까? 침대 프레임에 못까지 쳐가면서?"
"삼촌. 왜 이러시는 거예요? 제가 뭘 잘못했나요?"
"아냐. 나한테 잘못한 거 없어. 넌 이 골목 애들 중에 제일 착하고 친절하게 나를 대해줬어. 그래서 데리고 온 거야."
"네?"

미선은 너무 놀라 정신이 아득해졌다. 문득 그녀는 깨달았다. 어쩌면 영등포 골목을 폐쇄시켜버린 연쇄살인범이 이 남자라는 사실을.

"삼촌이에요?"
"뭐가?"
"영철이 삼촌하고 남순 이모……"
"너를 때리고 튄 그 변태 새끼까지. 맞아. 셋 다 내가 죽였지."

미선은 비명을 질렀다. 목적이 있어서 지르는 비명이 아니었다. 무서운 존재를 맞닥뜨렸을 때 나오는 본능적인 비명소리였다.

"소리 지르고 싶으면 질러. 어차피 이 골목은 벌써 보름째 폐쇄되어있고 아무도 다니지 않으니까. 하다못해 전기랑 수도까지 다 끊어놔서 이렇게 촛불을 켰잖니."

민식은 책상에 놔둔 촛불을 들고 자기 얼굴을 비췄다. 그 모습이 기괴하여 미선은 눈은 질끈 감아버렸다.

"미선아. 살고 싶지?"
"네! 삼촌! 제발 살려만 주세요! 뭘 어떻게 해도 좋으니까 제발 살려만 주세요. 저한테 아들 있는 거 아시죠?"
"응. 몇 번 봤어."

천연덕스러운 그의 대답에 미선은 까무라칠 뻔했다. 우리 집을 지켜봤다는 얘긴가? 연쇄살인범이 지찬이를 지켜보고 있는 장면을 상상하자 견딜 수가 없었다.

"이런 사정 저런 사정 나 봐주다보면 아무 일도 할 수 없어. 너는 이 골목에서 제일 괜찮은 애야. 그래서 너랑 같이 죽으려고."
"죽어요? 같이 죽는다고요?"
"응."

민식의 대답은 짧고 대수롭지 않았으나 오히려 그래서 더 무서웠다. 미선은 막막함에 입이 막혀버렸다. 그저 애타는 마음만 형편없이 찌그러진 채 답답한 소리를 냈다. 지찬이가 기다리는데. 구 형사님도 기다릴 텐데. 다신 이 방으로 돌아오지 않으려고 했는데.

전화벨이 울리는 소리가 들렸다. 민식이 기분 나쁘게 웃으면서 자기 핸드폰 액정을 미선에게 보여주었다. 어딘가 낯익은 번호였다.

"누구 번혼지 몰라? 이름으로 저장해서 번호를 못 외우나? 니 남자친구 번호잖아."

미선은 흐느끼기 시작했다. 민식은 전화를 받지 않고 중얼거렸다.

"대충 눈치는 깐 모양이네. 뭐 이제는 어차피 상관 없어. 계획대로 다 끝났으니까. 마무리만 하면 돼."

애절하게 울리던 전화벨 소리가 끊기자 민식은 핸드폰을 화장대 위로 툭 던졌다.

"둘이 좋아 보이던데. 잤어?"
"삼촌…… 제발요. 제발 이러지 말아요."
"내 눈에는 다 보여. 20년 동안 이 골목에서 일어난 일은 내가 다 알고 있다고. 형사 놈이 이 가게 주변을 얼씬댈 때부터 알아봤지."
"삼촌, 살려주세요. 제발 살려만 주세요. 삼촌이라고 말 안 할게요."
"아냐. 말해도 돼. 끝까지 안 들키려는 생각은 애초부터 없었어. 어차피 다 알게 해 줄 계획이었다니까."
"대체 그 계획이라는 게 뭔데요?"
"금방 알게 될 거야."

뭔가 부스럭거리는 소리가 오래도록 들렸다. 소리만 들어서는 민식이 무슨 짓을 하는지 짐작조차 가지 않았다. 뭔가를 짊어지는 소리도 났다.

한참 후에 민식이 미선 앞에 나타났다. 자기를 봐달라고 자랑하듯이. 그는 몸에 맞지도 않는 여자 원피스를 입고 가발까지 썼다. 허옇게 파운데이션을 바른 얼굴에는 붉은색 루주로 광대처럼 입술을 칠했다. 그리고 그는 등에 뭔가를 메고 있었다. 농약을 살포하는 압축분무기였다.

미선은 태어나서 이토록 기괴한 모습은 처음 보았다. 민식은 분무기 노즐을 미선의 알몸 위에 대더니 칙칙 뿌렸다. 가솔린 냄새가 진동했다.

"음. 잘 되네."
"삼촌! 왜 이러세요? 뭘 하려고요?"

"곧 알게 된다니까. 잠깐만 있어."

민식은 미선을 놔두고 밖으로 나갔다.

—

삼촌도 이모도 아가씨도 모두 떠난 골목. 오빠도 찾지 않는 골목. 전기가 끊겨 가로등도 하나 없는 골목에는 달빛만 넘실거렸다. 그 빛이 너무 음험해서 어둠은 더욱 어둠 같았다. 여자 옷을 입은 남자가 춤을 추듯 어둠을 휘젓고 다니면서 가게마다 기름을 뿌렸다.

그는 아이들이 없는 마음에서 피리를 부는 사나이, 관객이 없는 서커스장에서 재주를 넘는 곡예사였다. 어쨌든 그의 마지막 공연이 이제 시작될 참이었다.

—

구형사는 애가 탔다. 김형사에게 받은 민식의 번호로 전화를 걸었지만 받지 않았다.

바보. 성기가 잘린 채 죽어가던 박근식이 하려던 말은 바보로 시작하는 말이었다. 바보가 나를 죽였어.

하지만 민식에게는 알리바이가 있는데? 박근식이 죽던 날 밤, 그는 박근식에게 맞고 쓰러진 미선을 지켜주고 있었다. 민식이 전화를 받지 않자 구형사는 도영희에게 전화를 걸었다.

"우리 엄마 찾았어요?"

구형사 옆에 서 있던 아이가 눈을 빛내며 물었다.

"지찬이는 집에 가 있을까? 혼자 집에 갈 수 있지?"
"엄마 찾을 때까지 기다리면 안 돼요?"

구형사가 대답을 해주기 전에 도영희가 전화를 받았다.

"네, 형사님."
"혹시 윤미선씨하고 같이 계신가요?"
"미선이요? 아뇨. 골목에서 나온 뒤로는 못 봤는데."

그녀가 거짓말을 하는 것 같지는 않았다. 구형사는 조급한 마음을 겨우 누르고 물었다.

"뭐 하나 여쭤볼 게 있는데요. 그날, 미선씨가 죽은 박근식한테 폭행당한 날 기억나시죠."
"그 밤을 어떻게 잊겠어요?"
"그때 민식이 삼촌도 방에 같이 있었죠? 저는 그렇게 기억하는데 제 기억이 틀린가 해서요."
"아뇨. 아, 네."
"아뇨? 네? 정확히 얘기해주세요."
"그걸 저한테 물어보시면 어떡해요? 형사님하고 같이 들어오지 않았어요?"
"저하고 같이요? 그럴 리가요! 저는 성태 삼촌하고 같이 들어왔어요. 기억 안 나세요?"
"아, 그러면 민식이가 들어오자마자 형사님하고 성태

삼촌이 들어왔나 보다. 제 기억에는 셋이 거의 동시에 들어왔거든요."

아……. 구형사는 앞이 캄캄해졌다. 손에 힘이 빠져 핸드폰을 떨어뜨릴 뻔했다. 도영희의 증언을 바탕으로 구형사는 그날 밤의 동선을 차례로 맞춰보았다.

폭우가 퍼붓던 그날 밤. 박근식은 미선을 폭행하고 가게를 뛰쳐나갔다. 도영희가 들어와서 미선을 보살폈다. 가게에서 도망간 박근식은 골목을 빠져나가다가 민식 삼촌에게 잡혀 폐공장으로 끌려갔다. 박근식을 죽인 민식 삼촌은 현장을 빠져나오다가 나와 부딪혔다. 나는 쓰러지고, 민식 삼촌은 그 자리를 떴다. 뒤늦게 놈을 쫓던 나는 성태 삼촌을 만나 미선의 방에 왔는데, 바로 그 직전에 민식 삼촌도 미선의 방에 들어왔다.

동선이 맞춰졌다. 아직 물증은 없지만 형사의 직감은 다급한 알람을 울려대기 시작했다.

"민식 삼촌을 봤으면 하는데요, 전화를 안 받네요. 요즘 어디서 지내는지 아세요?"
"민식이요? 요즘 우리 집에서 재워주고 있는데."
"네? 지금 같이 있나요?"
"아니요. 성태 삼촌이 저녁 사준다고 나간다고 했어요. 아마 지금쯤 같이 있을 텐데요?"
"아, 알겠습니다."

구형사는 황급히 전화를 끊고 바로 성태 삼촌에게 전화를 걸었다. 인사도 건네지 않고 바로 물었다.

"민식씨하고 같이 있나요?"
"민식씨? 민식이 말하는 거여? 그놈이 왜 나하고 있어?"
"같이 저녁을 먹기로 했다고 하던데?"
"뭔 개소리야. 골목에서 쫓겨나고 통화 한 번 한 적 없는데."

절망의 칼날이 구형사의 눈앞에 번득였다.

―

민식이 밖에 나간 사이 미선은 몸부림을 쳐봤지만, 어찌나 줄을 꼼꼼하게 묶었는지 빠져나갈 틈이 전혀 보이지 않았다. 오히려 줄이 조여와 손목과 발목이 끊어질 듯 아팠다.
정신을 차릴 수가 없었다. 턱 아래까지 차오른 죽음의 공포가 판단력을 마비시켜버렸다. 그저 무섭고 또 무서울 뿐이었다.
민식이 나간 지 10분이 조금 넘었을까. 방으로 올라오는 발자국 소리가 들렸다. 나지막한 휘파람 소리와 함께.

"자, 이제 준비는 다 됐고."

민식은 등에 메고 나갔던 압축분무기를 방구석에 풀어놓았다.

"삼촌! 제발요. 이제라도 좀 풀어주세요. 우리 아들 이제 열 살이에요."
"미선아. 너, 남편이 죽었다고 했지?"
"남편요? 네. 제가 죽으면 우리 지찬이 혼자에요. 지찬이 할머니도 집을 나가서……"

"너하고 나는 딱이다. 나는 마누라가 죽었거든."

"네?"

"도영철이하고 이남순. 개들이 우리 마누라를 죽였어."

미선은 민식의 이야기가 귀에 잘 들어오지 않았다. 그저 흐느낄 뿐이었다.

"저는 상관없잖아요. 저는 왜요? 왜 저를……"

"너는 내 과거가 아니라 현재야."

"네? 제가 왜……"

민식은 미선의 얼굴 바로 앞에 얼굴을 갖다 대며 말했다.

"내가 너를 선택했으니까."

"으흐흑……"

미선은 도저히 그의 눈을 마주할 수 없어 고개를 돌리고 오열했다.

"사실 그 변태 새끼는 죽일 생각이 없었는데. 너를 때리고 도망가는 꼴을 보니 갑자기 열이 뻗쳐서. 감히 내 새색시를."

새색시라는 말과 함께 민식은 거친 손으로 미선의 허벅지를 깊숙이 쓸었다. 그녀는 정신을 잃을 뻔했다.

안 돼. 미선아. 제발. 끝까지 버텨야 해. 제발……. 계속 빌고 애원하고 싶었지만 흐느낌이 입을 막아서 말을 할 수가 없었다.
　　민식은 방 안에 휘발유를 뿌리고 촛불을 손에 들었다. 미선은 벌써부터 연기에 목이 졸린 것처럼 매운 기침이 났다.

　"다 태워버릴 거야. 너도 나도, 전부 다 사라지는 거야."

　—

구형사는 아이를 집에 데려다 놓고 차에 올랐다. 그런데 어디로 가야할 지 몰랐다. 자꾸만 끔찍한 장면이 눈앞을 가로막았다. 한 여자의 시체. 곳곳이 함부로 훼손된 시체의 얼굴이…… 보일 듯 말 듯했다.
　　구형사는 시동조차 걸지 못하고 차 안에서 다시 전화를 걸었다. 도영희에게.

　"강민식이 수상합니다. 성태 삼촌은 저녁 약속한 적이 없대요. 골목에서 나오고는 전화 통화 한 번 한 적이 없답니다!"
　"그래요? 이상하다. 민식이는 거짓말 못하는데."
　"아무래도 강민식이 미선씨를 데리고 있는 것 같습니다. 지금 어디에 있을까요?"
　"글쎄요. 모르겠네요."
　"제발 생각 좀 해보세요. 한시가 급합니다!"

구형사는 애원하며 전화에 매달렸다.

"음……"

도영희는 잠시 없었다. 구형사는 그녀의 대답을 기다리면서 주먹을 꽉 쥐었다. 계속 힘이 들어가자 손등과 팔뚝에 핏줄이 울퉁불퉁 솟았다. 한참 뒤 그녀가 입을 열었다.

"없어요."
"네?"
"갈 데가 없다고요."

구형사는 꽉 쥐고 있던 주먹으로 핸들을 때렸다. 그런데 도영희가 말을 이었다.

"아무리 생각해봐도 민식이는 갈 데가 없어요. 걔는 20년 동안 그 골목을 떠나본 적이 없거든요. 다들 못 떠나서 안달인 그 골목을. 설에도 추석에도 크리스마스에도 민식이는 늘 골목에 있었어요. 보다 못한 이모나 다른 삼촌들이 돈을 좀 모아서 여름에 여행이라도 다녀오라고 쥐어줘도 하루도 안 떠났어요. 제 입으로도 자기는 영등포가 좋다고. 죽어도 영등포 골목에서 죽겠다고 했으니까."

영등포 골목에서 죽겠다고. 도영희의 마지막 말을 듣자마자 구형사는 핸드폰을 조수석에 던지고 차 시동을 걸었다. 급한 사건이 있어도 운전만큼은 늘 침착하게 했던 그였지만 이번만큼은 달랐다. 신호를 뚫고 역주행을 하면서 내달렸다. 영등포 골목으로.

오직 한 가지 생각만 하려고 애썼다. 아직 그녀는 살아있다고. 살릴 수 있다고.

그렇게 그는 영등포 골목 입구에 다다랐다. 경찰 출입금지 바리케이드가 골목을 막고 있었다.

차에서 내려 지원요청을 했다. 먼 거리가 아니기에 10분만 기다리면 지원팀이 도착할 예정이었다. 그러나 그는 1분도 기다릴 수 없었다. 아내가 선물로 준 칼을 손에 들고 컴컴한 골목으로 들어섰다. 홍등이 없는 사창가 골목은 영혼의 공동묘지 같았다. 가게마다 쇼윈도 안에 쳐놓은 커튼이 묘비명처럼 음산했다. 길 잃은 여자들의 영혼이 그의 곁을 따라 걷는 환영이 보였다.

구형사는 캄캄한 어둠 속에서 열린 가게 문이 있는지 확인하면서 골목을 걸었다. 가게들은 예외 없이 미닫이문을 사용했는데 전부 두툼한 자물쇠로 문이 잠겨 있었다. 그럼에도 민식이 이 골목에 있다는 직감은 점점 또렷해졌다.

어디선가 휘발유 냄새가 나는 것 같기도 했다. 기분 탓일까? 미선의 가게 앞에 이르렀을 때 구형사는 걸음을 멈추었다. 가게 문에 걸린 자물쇠가 열려 있었다. 가슴이 철렁하는 순간, 2층에서 밝은 빛이 터지듯 빛났다.

불이다! 구형사는 가게로 달려들어갔다. 한걸음에 계단을 뛰어올랐다. 매캐한 연기와 불이 번지는 소리가 접근을 거부했지만 그는 공포심을 밀고 앞으로 나아갔다. 번호 자물쇠가 달린 문이 계단 끝에서 그를 가로막았다.

그는 처음 미선의 방에 왔던 기억을 떠올렸다. 미선이 누르는 비밀번호를 엿봤던 것이 다행이었다. 1 네 번을 누르자 문이 열렸다.

방 안의 광경을 보고 구형사는 굳어 버렸다. 미선은 알몸으로 침대에 묶여 있었다. 그리고 여자 옷을 입은 남자가 그녀를 안고 누워 있었다. 민식이었다.

괴물의 혓바닥처럼 날름거리는 불길보다 더 무서운 건 표정 없이 구형사를 응시하고 있는 민식의 눈동자였다. 그의 눈은 다가오지 말라는 경고를 담고 있었다. 구형사가 방 안으로 들어가지 못하고 멈춰 버린 건 불 때문이 아니라 그의 눈동자 때문일지도 몰랐다. 구형사를 본 그녀가 절규했다.

"오빠!"

소금기둥마냥 굳어있던 구형사는 미선의 목소리를 듣고서야 정신을 차렸다. 그는 방 안으로 달려들어 갔다. 삽시간에 번진 불길이 그를 집어삼킬 것처럼 달려들었다. 동시에 민식이 그에게 뛰어들었다.

구형사가 들고 있던 칼은 민식과 충돌하면서 떨어졌다. 불타는 방 안에서 구형사는 민식과 뒹굴었다. 그 바람에 바닥에 떨어져 있던 칼은 불이 붙은 이불더미 쪽으로 밀려가 버렸다. 칼을 다시 주우려는 사이 민식이 구형사의 등 뒤에서 목을 졸랐다.

"왜 왔어? 같이 죽으려고?"

그는 바보 삼촌이 아니라 살기를 품은 맹수였다. 무서운 힘으로 구형사의 목을 조르는 그의 팔도, 원한 가득한 목소리도 떨리고 있었다.

"형사 나으리 왜 이제 오셨어요? 내가 그렇게 도와달라고 할 때는, 우리 마누라 죽인 놈들 좀 잡아달라고 할 때는 미친놈 취급하더니."
"이거…… 놔……"

구형사는 온 힘을 다해 팔꿈치로 민식의 배를 찍었다. 목을 감은 민식의 팔이 느슨해진 틈을 타서 그의 품에서 빠져나왔다.
불 속에서 개싸움이 이어졌다. 주먹이 오가고 목을 조르고 머리를 쥐어뜯고 바닥을 굴렀다. 그 와중에 둘의 옷에도 불이 붙었다가 구르면서 불이 꺼지기를 반복했다. 미선의 비명과 흐느낌도 타오르는 화염에 뒤섞였다.
구형사의 몸 위에 민식이 올라타고 목을 조르기 시작했다. 원피스를 입고 루주까지 칠한 그의 얼굴은 불타는 방의 미친 주인이라고 할 만했다. 구형사는 그의 팔을 떼어내려고 안간힘을 썼지만 무쇠인 양 꿈쩍도 하지 않았다.
점점 숨이 막혀왔다. 목이 졸려서인지 연기 때문인지 자꾸만 흐려지는 의식 속에 목소리가 들렸다.

"다 끝났어."

그 목소리는 민식 같기도 하고 아내 같기도 했다. 그러나 구형사는 아직 끝내고 싶지 않았다. 끝내고 싶은 때도 있었지만, 지금은 아니었다.
그는 있는 힘을 다해 몸을 비틀었다. 연기 때문에 켁켁거리던 민식이 옆으로 나동그라졌다.
마지막 기회였다. 구형사는 불붙은 이불더미 속에서 칼을 집었다. 달궈진 손잡이에 손바닥이 눌어붙어도, 셔츠 자락에 불이 붙어도, 어쩔 수 없었다.

　　괴성과 함께 칼을 휘둘렀다. 다시 그에게 달려들려고 하던 민식의 배에 칼을 꽂았다. 그의 몸이 축 늘어지는 것을 느끼는 동시에 구형사는 칼을 뺐다.

　　머뭇거릴 시간이 없었다. 그는 미선을 묶은 노끈을 칼로 잘라냈다. 방금 전까지만 해도 비명을 지르던 그녀는 고개를 축 늘어뜨린 채 의식이 없었다. 그녀의 탐스러운 머리칼에 불이 붙었고 하얀 피부도 연기로 그을렸다.

　　구형사는 무겁게 늘어지는 그녀의 몸을 안고 끌다시피 방을 빠져나왔다. 그 역시 제정신이 아니었다. 연기에 취해서 그런지 눈앞이 흐리고 구역질이 났다. 그는 미선을 데리고 계단을 내려왔다. 그리고는 골목에 쓰러져 버렸다.

　　자꾸 감기는 눈꺼풀 사이로 완전히 불에 휩싸인 미선의 방이 보였다. 불은 금방 옆 가게로, 또 1층으로 옮겨붙었다. 그리고 놀랍게도 도화선처럼 바닥을 따라 불길이 이어지더니 맞은편 가게까지 화염이 번졌다. 아까 골목을 걸으면서 맡았던 휘발유 냄새의 정체를 이제야 알 수 있었다.

　　소방차가 도착하기도 전에 골목 전체가 불길에 휩싸일 것 같았다. 골목 가운데 있다가는 연기에 질식할 게 뻔했다. 그래도 바깥바람을 쐬자 구형사는 조금씩 정신이 들었다. 그는 힘겹게 몸을 일으키고 길바닥에 쓰러져 있는 미선의 몸을 흔들었다.

　　"미선아. 정신 차려! 미선아! 우리 여기 있으면 죽어!"

미선은 반응이 없었다. 호흡을 확인했다. 아직 호흡은 유지하고 있다. 그는 그녀의 뺨을 때리며 계속 소리쳤다. 마침내 그녀의 몸에 힘이 들어가는 것이 느껴졌다. 제대로 눈은 뜨지 못하면서도 그녀는 구형사를 붙잡고 허우적거렸다.

"그래! 미선아. 오빠한테 업혀. 업히기만 해. 조금만 더 힘내자!"

마침내 그녀를 업었다. 구형사는 골목 입구를 향해 걸음을 옮겼다. 정신없이 불이 번지고 있는 골목을 등지고.

멀리 보이는 골목 입구에 구경하는 사람들이 모여 있는 모습이 보였다. 그리고 멀리서부터 가까워지는 사이렌 소리도 들렸다. 살았다. 살았으니 되었다.

구형사는 뒤를 돌아보았다. 붉은 화염이 골목 양쪽으로 늘어선 업소들을 하나씩 집어삼키고 있었다. 그는 어린 시절 봤던 영화 〈십계〉의 한 장면이 떠올랐다. 모세의 기적. 바닷길 양쪽으로 물의 벽이 출렁이는 장면과 골목 양쪽으로 불이 넘실대는 모습이 겹쳐 보였다.

그런데 모세처럼 골목으로 누군가가 걸어 나왔다. 그것은 사람이라기보다 불덩이였다. 불덩이는 골목 한가운데에서 비틀거렸다. 하늘로 두 팔을 뻗은 모습이 구원을 바라는 것 같기도 하고 신을 저주하는 것 같기도 했다.

누군가 달려와 부축하는 손길을 느낀 순간, 구형사도 겨우 잡고 있던 의식의 끈을 놓아버렸다.

에필로그

영등포역 골목에 비가 내린다
노란 우산을 쓰고
잠시 쉬었다 가라고 옷자락을 붙드는
늙은 창녀의 등 뒤에도 비가 내린다
-
정호승의 시, 〈영등포가 있는 골목〉 중에서

일요일 오후. 구형사는 거실 소파에서 잠든 지찬이를 내려다보고 있었다. 햇살이 머무는 아이의 뺨은 아무리 봐도 질리지 않는다.

아이는 속눈썹이 길었다. 크고 맑은 눈에 어울리는 눈썹이었다. 나중에 크면 여자깨나 울리겠어.

그는 처음 알았다. 어린아이들은 잠을 잘 때도 눈꺼풀이 완전히 닫히지 않고 살짝 열려 있다는 것을. 처음에 봤을 때는 아직 잠이 안 들었나 싶어 말을 걸기도 했는데, 이제는 그렇게 잠든 모습을 감상하듯 보는 습관이 생겼다.

쌍꺼풀 정도 폭의 틈으로 보이는 아이의 잠든 눈, 그리고 평화롭게 내려앉은 속눈썹을 보고 있노라면 경건해지기까지 했다.

지찬이를 데리고 와서 함께 살기 시작한 지 꼭 일주일 째였다. 텅 비워놓고 쓰지 않던 서재에 지찬이의 방을 꾸며주었다. 침대도 새로 사고 책상도 직접 고른 걸로 사왔다. 아이는 구형사가 서툴게 차린 밥도 잘 먹고 잠도 자기 방에서 잘 잤지만 낮잠만큼은 꼭 이렇게 소파 위에서 잤다.

핸드폰이 울렸다. 구형사는 지찬이가 깰까 봐 얼른 전화를 받았다. 후배 김형사였다.

"선배님. 잘 쉬고 계시죠?"
"쉬는데 잘 쉬는 게 있고 못 쉬는 게 따로 있냐?"
"몸은 좀 어떠세요?"
"나는 괜찮아. 크게 다친 데도 없었는데 뭐."
"미선씨는요?"
"아직."

짧게 대답하는 구형사의 미간이 절로 찡그려졌다. 그녀의 이름을 들으면 바늘에 찔린 듯 움찔하다. 언제까지 그럴지 알 수 없었다.

"왜 전화했어?"
"아, 민식이 삼촌 과거 행적 궁금해하셨잖아요."

"나왔어?"

"찾느라 고생 많이 했습니다. 하도 오래전 일이라. 청량리 경찰서 쪽에서 근무하시다가 그만둔 형사들이 기억하고 있더라고요."

"말해봐."

"민식이 삼촌은 원래 인쇄소 직원이었답니다. 시골 처녀하고 결혼을 했는데 결혼하고 1년 만에 아내가 실종된 겁니다. 아내 이름은 김정순. 그 뒤로 하던 일도 다 그만두고 아내를 찾아 전국을 떠돈 모양이에요. 그렇게 몇 년을 다니다가 정신병원에서 김정순을 찾았답니다. 그때 김정순이가 도영철이하고 이남순 이야기를 한 모양이에요."

역시, 그랬던 건가? 구형사는 손으로 이마를 짚었다. 머리가 지끈지끈 아팠다.

"그 뒤로는 민식이 삼촌이 김정순을 병원에서 데리고 나와서 청량리 경찰서를 숱하게 드나든 모양이에요. 김정순은 이미 몸도 정신도 정상이 아닌 상태였고요. 그래도 어쩐 일인지 도영철이하고 이남순 이름 두 개는 정확히 기억하고 있더랍니다."

"이름만?"

"그때 쓴 진술서가 있긴 해요. 인신매매를 당해서 끌려갔고. 몇 번이나 도망치려고 했는데 도망치려고 할 때마다 죽도록 맞고 험한 꼴을 보고. 나중에는 이상한 약까지 먹여가면서 일을 시켰다고. 생리할 때나 임신하

고 낙태를 한 다음날도, 성병에 걸려도…… 계속 영업
을 시켰다고요. 그렇게 일을 시키다가 몸이 못쓰게 되
고 나서야 길거리에 버렸답니다."
"수사는 했대?"
"그게…… 김정순의 진술 능력이 워낙 떨어져서, 조서에
신빙성이 없어서 수사를 시작 안 했다고 하더라고요."

구형사는 믿을 수 없었다. 아마도 청량리 사창가로부터 형사들이 뇌물을 받았겠지. 어쩌면 그들도 청량리 뒷골목에서 접대를 즐겼을지도 모른다. 그러면서 민식에게는 이렇게 말했겠지. 정신병자 말을 어떻게 믿고 수사를 시작하냐고……. 민식은 한숨을 쉬고 물었다.

"김정순은 지금 어디 있나?"
"죽었습니다. 자살했어요. 기록에는 투신자살로 되어있
네요. 그 사건 이후에 민식은 청량리 경찰서 형사들을
고소했지만 기각되었고요."

구형사는 환영에 사로잡혔다. 몹시도 비가 내리는 날, 어느 낡은 건물 위에 한때는 들꽃처럼 아름다웠던 여자가 위태롭게 서 있다. 그녀는 아직도 쫓기고 있다. 아직도 밟히고 있다. 이미 폐허가 되어버린 몸과 마음을 달랠 방법은 한 가지뿐이다. 그녀는 빗속으로 몸을 던진다. 웃는 얼굴로.

"민식 삼촌의 마지막 기록은…… 여기 있네요. 1997년
입니다. 칼을 들고 청량리 사창가에서 난동을 부린 죄

로 입건된 적이 있네요. 며칠 구치소에 있다가 훈방되
어서 전과는 안 남았어요. 도영철하고 이남순을 죽이겠
다고 난리를 친 모양이에요. 그 기록이 마지막입니다."

구형사는 고개를 끄덕였다. 1997년이면 이미 둘은 영등포로 넘어온 뒤였다. 민식은 물어 물어서 둘이 영등포로 갔다는 사실을 알아냈겠지. 그리고 한참 세월이 흐른 어느 날, 그는 영등포 골목을 찾아갔겠지. 아내가 골목 아가씨가 아닌 새색시였던 때 입던 옷을 꺼내 입고. 아내의 화장품을 바르고. 그날 이후 민식이 삼촌으로서의 인생이 시작되었겠지. 품속에서는 복수를 칼날을 갈면서. 겉으로는 바보 흉내를 내면서. 완벽한 때가 오기를 기다리면서.

"아무리 생각해봐도 둘을 한꺼번에 죽이기는 불가능하
다고 생각한 모양이죠. 정체를 숨기고 골목에 들어와
서 살다가 결국 일을 저지른 모양입니다. 그 오랜 세월
을 기다리다니 정말 대단한 복수죠? 이상입니다."

구형사는 천천히 고개를 끄덕였다.

"알겠어. 수고했어."
"별말씀을요. 보고서는 제가 써서 올리겠습니다. 출근
은 언제 하십니까?"
"반장님이 며칠 더 쉬라고 하시네. 다음 주쯤 나갈 생각
이야."
"알겠습니다. 그리고……"

김형사는 왠지 잠깐 망설이다가 불쑥 말했다.

"미선씨의 쾌유를 빌겠습니다."

구형사는 얼떨떨했다. 왜 나에게 그런 말을 하냐고 물어보려다가 말았다. 그저 응, 알았어, 짧게 대답할 뿐.

전화를 끊은 구형사는 잠시 민식의 삶을 돌이켜보았다. 영등포 골목에서 바보 삼촌으로 살던 세월은 그에게 어떤 의미였을까? 복수를 위한 기다림의 의미뿐이었을까? 어쩌면 여행지에 눌러앉고 사는 여행자들처럼, 영등포에 왔던 목적을 잊고 살았던 건 아닐까? 그러다가 이제 더 시간이 흐르면 복수를 할 수 없게 되어버릴지도 모른다는 것을 깨닫고 칼을 빼들은 것은 아닐까?

모두가 죽고 모든 것이 불타버린 지금, 그런 질문에 대답할 사람은 없다. 이모도 삼촌도 아가씨도 오빠도 모두 골목을 떠났다. 아무도 원하지 않았지만 다 정리되어 버린 것이다. 20년 동안 복수를 기다려 온 사내에 의해.

미선의 원룸은 아직 정리하지 못했다. 그동안은 사건을 마무리하느라 정신이 없었는데 이제 챙길 때가 왔다.

지찬이하고 지낸 일주일 사이 슬픈 소식도 있었다. 지찬이 할머니가 시신으로 발견되었다. 집을 나간 그녀는 며칠간 행적이 묘연하다가 혼자 페리호를 탔다. 선상에 설치된 CCTV에 갑판 난간을 넘어 바다로 몸을 던지는 그녀의 마지막 모습이 담겨 있었다. 아들이 실종된 바로 그 바다에서.

지찬이한테는 할머니의 죽음을 전해주지 않았다. 충분히 견딜 수 있을 만큼 성숙해졌을 때 알려줘야겠다 싶은데 그때가 몇 살쯤일지는 감이 오지 않았다. 아이를 키워본 적이 없으니.

낮잠 자는 아이를 하염없이 지켜본 지 한 시간쯤 되었을까? 긴 속눈썹이 파르르 떨리더니 아이가 눈을 떴다. 아이와 눈이 마주친 구형사는 미소를 지었다.

"잘 잤어?"
"네……"

아이는 아직은 구형사가 편하지 않은지, 잠도 덜 깬 몸을 얼른 세워 앉았다.

"그럼 우리 저녁 먹고 엄마한테 가볼까?"
"네, 아저씨."

병원에 가는 길에 짜장면을 먹었다. 구형사는 원래 짜장면을 좋아하지 않았다. 평소에는 경찰서에서 배달을 시켜 먹을 때도 꼭 볶음밥만 고집했는데 지찬이가 온 뒤로는 벌써 몇 번째 먹는 짜장면이었다.

마침 미선이 입원해 있는 병원 바로 앞에 제법 괜찮게 음식을 내는 중국집이 있었다. 짜장면을 한 그릇씩 비운 구형사와 지찬이는 곧장 병원으로 향했다.

미선은 그날 이후 의식을 되찾지 못했다. 일산화탄소 중독으로 1주일째 병실 침대에 누워 있다. 의사는 그녀가 깨어날 가능성이 얼마든지 있다고 했다. 그 말은 못 깨어날 수도 있다는 뜻이기도 했다. 어느 쪽의 확률이 더 높은지는 말하지 않았고 구형사도 캐묻지 않았다.

그는 매일 저녁 일을 마치면 병원으로 와서 그녀의 곁을 지켰다. 그녀의 한 손은 그가, 한 손은 지찬이가 쥐고 기도를 하기도 했다.

그는 꽤나 희망적이었다. 이번에는 신이 그의 기도를 들어줄 때가 되었다고 생각하기에. 세상이 아주 공평한 곳은 아니지만 무자비할 정도로 불공평하지는 않다고 생각하기에.

병실 창문으로 멀리 타임스퀘어 빌딩이 보인다. 불에 다 타버린 뒷골목은 지금쯤 철거작업이 한창일 것이다. 시에서 개발을 한다고는 하는데 뭐가 들어올지는 아직 결정이 안 된 듯했다. 그게 무엇이든 영등포 골목의 진짜 노동자들이었던 아가씨들에게는 아무 상관도 없을 터였다.

창밖으로 보이는 하늘에 어둠이 천천히 스몄다. 지는 해도 뜨는 달도 안 보일 정도로 구름이 많은 걸 보니 비가 올 지도 모르겠다. 구형사는 밖을 보던 시선을 거두고 미선의 손을 꼭 잡아주었다. 그리고 손가락으로 그녀의 손바닥에 이렇게 그려주었다.

^^

어? 축 처져 있던 그녀의 손에 힘이 들어간 것처럼 느껴진다. 기분 탓일까?

브라더 : 어느 살인마의 비밀

조남우, 이재익

잠에서 깬 에이브는 무덤덤하게 비행기 창문 덮개를 올려 서울을 내려다보았다. 불빛으로 가득한 저녁 하늘은 미국 도시의 야경과 크게 다르지 않았지만 15년이라는 세월 때문인지 괜히 낯설게 느껴졌다. 다시 한국에 오게 될 줄이야.

에이브가 한국에 온 이유는 단 하나뿐이다. 꼭 만나야만 할 사람이 있다. 그것이 15년 만에 이 나라를 다시 찾은 유일한 이유였다.

"뭘 그렇게 열심히 봐? 잠이나 더 자"

옆에서 덩달아 잠에서 깬 유진은 에이브의 뒤통수를 툭 쳤다. 에이브는 창문 덮개를 내렸다.

둘은 조아저씨라 불리는 재미교포 집에서 처음 만났다. 어린 나이에 교통사고로 부모님을 잃었던 에이브에게 유진은 큰 위로가 돼 주었다.

조아저씨 집은 미국에 처음 와보는 12살 소년에게 낯설게 느껴지지 않았다. 아무것도 없을 때는 낯선 환경에 익숙해지는 것이 생각보다 쉽다.

둘은 어릴 적부터 서로에게 의지했으며 웬만하면 어디든 같이 붙어 다녔다. 단순히 나이와 피부색이 같아서가 아니었다. 둘은 형제나 다름없었다. 에이브는 심약한 형, 유진은 포악한 동생이랄까. 에이브의 한국여행에 유진이 따라온 것도 전혀 이상한 일이 아니었다.

유진은 비행시간 내내 짜증을 냈다. 둘은 이코노미석에 나란히 앉았는데 유진은 어깨를 모으고 움츠린 자세로 앉아야 할 정도의 공간이었다. 에이브는 비록 유진의 절반도 체 안 되는 작은 체구를 가졌지만 옆에 앉은 유진 때문에 불편하기는 마찬가지였다.

비행 도중 유진은 〈퍼스트클래스 승객은 책을 읽는다〉라는 책에서 읽은 바보 같은 내용을 이야기했다. 이코노미석엔 먹고 자는 승객이 대다수인 반면 퍼스트 클래스 승객들은 비행시간을 최대한 유익하게 이용한다나?

"불도 제멋대로 못키고 심지어 숨도 못 쉬겠는데 무슨 얼어 죽을 놈의 책이야! 매사에 열심히 살아야 한다는 좋은 메시지를 담은 책이긴 하나 현실성 없는 개떡 같은 소리지. 그 책은 정말 쓰레기였어."

유진은 대단한 사상가처럼 떠들었다.

"대중교통에서 고객의 등급을 나눠놓는 시스템 자체가 맘에 안 든다고. 젠장."

그는 애초에 볼륨감 있는 아가씨 옆에 앉아 기내에서 맥주 한 잔에 농담 따먹기나 할 기대를 품고 비행기를 탔지만, 그의 옆자리에는 수녀님이 앉았다. 거기서부터 심사가 꼬였다.

비행기가 활주로에 무사히 안착하자 안내 방송이 들렸다.

승객 여러분. 저희 비행기가 지금 막 서울인천국제공항에 도착하였습니다. 좌석벨트 사인이 꺼질 때까지 자리에서 일어나지 마시고 내리실 때는……

단정하게 머리를 뒤로 넘긴 여승무원이 에이브와 유진을 향해 미소를 짓고 지나갔다. 유진은 남아있던 땅콩을 한꺼번에 우걱우걱 먹어 치웠다.

공항에 도착하자 에이브는 왠지 모르게 흥분이 되었다. 발끝에서 시작된 전율이 머리 꼭대기까지 전해졌다. 움츠려 있던 자신감도 일어나는 듯했다. 유진이 에이브의 팔을 툭 쳤다.

"어이 브라더, 아까 그 승무원 전번 딸 걸 그랬지?"
"아니."
"맛있게 생겼던데 왜?"
"유진. 우리가 편하게 올 수 있도록 도와주신 분들이야. 그런 얘기 함부로 하지 좀 마."
"그런 분들? 좆까는 소리하네. 저런 애들이 원래 더 걸레야."

그 승무원이 마음에 들었는지, 공항을 빠져나가는 사이에도 유진은 몇 번이고 혼자 생각에 빠져 히죽거렸다.

"아까 그년은 분명 오럴이랑 뒤치기를 좋아하는 년일 거야."

에이브는 못 들은 척했다. 이럴 땐 화가 나더라도 반응해주지 말고 무시해야 한다.

게이트를 나서는 순간, 검정 슈트를 빼입고 머리를 포마드로 단정하게 넘긴 아저씨가 영문으로 된 푯말을 들고 서 있는 모습이 보였다. 푯말에는 "Welcome, Mr. Park"이라고 큼지막하게 쓰여있었다. 제임스가 보내겠다고 했던 운전기사 같았다.

　유진과 눈이 마주친 남자는 빠른 걸음으로 다가와 가방을 들어주었다. 그는 주차장으로 안내했다. 아마 유진의 팔목까지 빼곡히 차 있는 문신을 엿보고 바로 알아챈 듯했다.

—

공항 밖에는 차가운 바람이 기분 좋게 불고 있었다. 코를 스치는 담배연기도 어릴 적 한국의 모습을 연상케 했다.

　검은색 아우디가 시야에 들어올 무렵, 훤칠하게 생긴 청년이 차에서 내렸다. 그의 이름은 제임스. 유진의 친구다. 이미 해가 져서 어둑한 저녁임에도 불구하고 레이벤 에비에이터 선글라스를 쓴 제임스는 에이브를 반겨주었다.

"What's good brother? How have you been?"

에이브는 제임스가 미국에 이년밖에 안 산 주제에 혀를 심하게 굴리는 것 같아 허세를 부린다는 느낌이 들었다. 재수가 없달까.

　하긴 제임스 녀석은 원래 밥맛이었다. 유진은 왜 이런 녀석하고 계속 어울릴까? 그래도 에이브는 겉으로는 반갑게 제임스와 인사를 나누었다.

　원래는 에이브도 유진과 함께 제임스를 따라가 그의 집에서 머무르기로 했다. 하지만 막상 제임스를 마주하고 나니 그의 수다를 들을 생각에 벌써부터 기분이 나빴다. 차와 여자 얘기로 허세부리는 놈들은 아주 딱 질색이었다.

"아, 나 먼저 들려야 할 곳이 있어."

에이브의 입에서 생각 없이 말이 튀어나왔다. 즉흥적으로 해 버린 말이지만, 차라리 잘 되었다 싶었다. 만나려던 사람과의 일정을 앞당길 수도 있겠다, 싶고.

"들러? 어딜?"

제임스가 의아하다는 표정으로 물었다.

"이왕 한국 온 거, 나 예전에 살던 곳 좀 가보게."
"야. 그래도 내가 여기까지 왔는데. 너 살던 곳이 기억
 은 나냐?"
"응. 들렀다가 네 집으로 곧장 갈게."
"야! 같이 가."

옆에서 가는눈을 뜨고 지켜보던 유진이 인상을 쓰며 말했다.
　여기서부터가 문제다. 어떤 문제든 유진이라는 관문을 넘어야 한다. 10년을 넘게 같이 살아온 유진을 속이는 것은 쉬운 일이 아니다.

"꼭 가보고 싶어서 그래. 아까 한국 땅을 비행기에서 내
 려 보는데 그런 생각이 들더라고."

유진은 여전히 가는눈을 뜨고 입을 꾹 다문 채 에이브를 노려봤다. 그의 시선이 거짓말 탐지기 같다. 에이브의 심장 소리가 밖으

로 들리지 않나 걱정될 정도로 쿵쿵거렸다.

"네가 살던 곳이 어딘데?"
"여의도."
"여의도?"

유진이 더 캐물으려던 찰나, 다행히 제임스가 끼어들었다.

"그럼 빨리 들렀다 와. 저녁에 제대로 놀아야 하니까."

유진은 슬쩍 제임스를 째려봤지만 다행히 제임스는 그의 따가운 시선을 눈치채지 못했다. 나대기 좋아하는 녀석도 도움이 될 때가 있다니. 제임스는 덧붙였다.

"그러려고 온 거잖아. 미친 듯이 놀려고. 아냐?"

물론 그렇게 말했다. 미친 듯이 놀러 한국에 가자고.
하지만 에이브가 진정으로 한국을 찾은 이유는 오로지 하나다. 꼭 만나야 할 사람이 있다. 그리고 그 목적을 유진이 알아서는 안 된다. 낌새도 차리게 해서는 안 된다. 반드시 유진 몰래 이루어져야 하는 일들이기에 에이브는 사실 처음부터 혼자 한국에 오고 싶어 했다. 역시나 유진은 따라붙었지만.

"알았다. 너무 늦기 전에 와라."

유진도 결국 뜻을 굽혔다.

제임스와 유진을 보낸 에이브는 택시를 타기로 결심했다. 지하철은 왠지 길을 잃을 것 같아 포기했다. 그런데 공항 앞인데도 이렇게 택시가 안 잡힐 줄 몰랐다. 피로감이 쌓인 에이브의 몸이 흐느적거릴 때쯤이나 되어 택시를 잡을 수 있었다.

"여의도 수정아파트로 가주세요."
"어디요?"
"옛날 MBC 방송국 별관 앞이요. 수정아파트 B동."

에이브는 어릴 적 자신의 이름과 함께 머리에 입력시켜 두었던 아파트 이름과 집 전화번호를 어렴풋이 떠올렸다. 늦잠을 잘 때면 그의 볼에 까칠한 수염을 장난스럽게 긁던 아빠의 모습도, 검은 스타킹에 빨간 립스틱을 하고 학교로 찾아오던 엄마의 모습도 떠올랐다.

나에게도 한 때 가족이 있었지. 괜히 그 집 앞에 가보고 싶다. 1203호. 지금은 누가 살고 있을까?

에이브는 뒷주머니에서 텅 빈 지갑을 꺼내 구겨진 사진 한 장을 꺼내 보았다. 왠지 모르게 쓸쓸한 표정을 짓고 있는 사진 속 아이가 바위처럼 에이브의 가슴을 짓눌렀다. 그는 잠시 한국 고아원에서 미국에 가게 되었을 때를 기억했다. 그러다 사진을 집어넣고 창밖으로 시선을 돌렸다.

어쩌면 지금도 어딘가에는 이름도 기억 안 나는 사촌 한 명쯤은 있을지도 모른다. 하지만 지금 에이브가 진심으로 가족이라고 생각하는 유일한 사람은 유진뿐이다.

유진과 함께 살던 조아저씨의 집은 미국 조지아주 벅헤드에 위치한 삼층집 저택이었다. 게이트도 있었고 조그마한 과수원과 정원도 함께 딸려있다. 조아저씨는 어릴 적 에이브처럼 교통사고로 부모님을 잃었다는 이유 하나로 에이브를 입양했다고 한다. 그래서인지 그는 에이브를 친아들처럼 돌봐주었다.

심지어 가끔은 그의 외동딸 크리스틴보다도 에이브를 더 귀여워했다. 19살이 되던 해에 크리스틴이 목을 매 자살하기 전까진 말이다. 불과 16살일 때의 일인데도 그녀의 숨진 모습을 처음으로 목격한 에이브는 지금도 눈에 선했다. 천장 아래 줄에 축 늘어져 있던 그녀의 모습이. 그때 생각으로는 왠지 매달려 있다기보다는 걸려있는 것 같았다. 유진은 아직도 가끔 그녀가 환기팬에 목을 매달지 않아 보는 재미가 덜했다며 막돼먹은 농담을 던지곤 했지만 에이브는 그녀에 대해 함부로 말할 수 없었다.

크리스틴의 출생과 함께 와이프를 잃었던 조아저씨는 딸마저 세상을 떠나보낸 후 심한 우울증에 시달렸다. 에이브는 여전히 조아저씨를 아버지라 부르고 그를 걱정하고 아들행세를 했지만, 조아저씨가 에이브를 대하는 태도는 달라졌다. 언젠가부터 하루 종일 취해있던 조아저씨는 에이브에게 폭력을 행사했다. 입에 담을 수 없는 욕을 내뱉고. 결국, 에이브가 의지할만한 가족은 유진뿐이었다.

분명히 에이브가 조금 더 일찍 태어났음에도 불구하고 어디를 가든 유진이 대장이었지만 에이브는 유일하게 남은 형제인 유진의 말을 따랐다. 둘은 그런 관계를 유지하면서 숱한 고난을 함께 겪어냈다. 사춘기 후 극도로 거칠어진 유진 덕택에 손해를 많이 보긴 했지만 말이다. 심지어 유진이 감옥에서 꽤 오래 살 뻔 한 일도 있었는데, 에이브가 거짓 증언을 해서 죗값을 나누어 받아준 적도 있었다. 물론 끔찍한 수감 생활 내내 그 일을 후회했지만. 그 일 이후로 둘 사이가 예전보다는 조금 서먹해진 것은 사실이었다.

공항을 빠져나갈 때쯤 택시기사가 물었다.

"어떻게 가드릴까요?"
"전 길을 잘 모릅니다. 최대한 빨리 가주세요."
"넵."

택시기사에게서도 강한 포마드 냄새가 났다. 포마드가 유행이라고 하더니. 하긴 뭐가 인기라 하면 누구든 다 따라 하는 게 대한민국이었다. 창밖에는 피로 번진 듯한 단풍이 나무 꼭대기로 이리저리 퍼져있다.

시차 때문일까? 끈적끈적한 졸음이 몰려온다. 눈이 감긴다.

―

유진은 제임스와 함께 그의 집으로 향했다. 제임스가 옆에서 종알댔다.

"많이 피곤했나 봐?"
"응. 자리가 완전 씨발이였어."
"한국 온다고 미리 말해줬으면 대디한테 얘기해서 퍼스트 클래스로 업그레이드시켜줄 걸 그랬네. 편하게 쉬면서 오게 말이야."

그리곤 그제야 선글라스를 벗더니 공연히 기사를 나무라는 제임스였다.

"차 이렇게 느리게 몰면 집엔 언제 가겠어요?"

등을 꼿꼿이 세운 운전기사는 제임스의 눈치를 보며 사과했다.

"죄송합니다, 도련님."

제임스는 기사의 말을 듣지도 않고는 계속 떠들었다.

"얼마 전에 뽑은 차로 직접 픽업 오려고 했는데, 나도 요즘 맨날 업소에 가서 노느라 몸 상태가 말이 아니다."

유진은 제임스의 말을 한 귀로 듣고 한 귀로 흘렸다.

'여의도라…'

유진도 어릴 적 엄마 친구가 여의도에서 빵집을 운영했던 것을 기억했다. 이름이 '프랑스 빵집'이었는데, 정말 맛있었다. 프랑스 분위기가 물씬 나는 그 빵집을 엄마와 함께 자주 가곤 했는데, 여태까지 먹은 빵들 중 그만큼 맛있는 빵을 먹어본 적이 없었다.
    빵집 주인인 엄마 친구가 프랑스 사람인가 싶었지만 프랑스 사람은 아니고 프랑스에 한 번 여행해 본 적이 있다고 했던 기억도 났다.
    유진은 빨간 가방 속에서 플라스틱 약통을 꺼냈다. 안에 있는 알약 몇 개를 골라 제임스에게 건네주었다.

"역시! 어떻게 이걸 들고 올 생각을 했대? 대담한 녀석!"

유진은 그냥 픽 웃고 말았다. 제임스가 한결 더 높은 톤으로 말했다.

"오늘 밤에 하얏트 펜트 예약해뒀고 좀 있다가 계집년들
도 불러서 놀 거야. 옛날 생각 하며 재미있게 놀아보자."

멜라토닌 필들을 비닐 백에 담으며 제임스는 간악한 미소를 띠었다.

　미국에서 고등학교에 다니던 시절, 그들은 종종 호텔 방을 빌려 술을 먹고는 했다. 한국에선 생소한 일이지만 미국에서는 종종 있는 일이었다. 유진이 살던 조지아 주에서는 12시면 그 어디에서도 술을 안 팔고, 새벽 2시면 술집들은 모두 문을 닫아야 하는 게 법이다. 술집도 어지간히 비싼 게 아니었다. 한국처럼 교통시설도 잘 안되어 있고 대리기사도 구하기 힘들어 술집에 갔다 하면 음주운전을 하기 마련이었고. 그래서 밤새 맘 편히 놀 계획이라면 집에서 놀던지 호텔을 가는 쪽이 더 편했다.

　주변 다른 학교 친구들도 불러 같이 놀곤 했었다. 또 제임스 같은 양아치들은 가끔 여자애들에게 진탕 술을 먹인 뒤 만취한 여자를 상대로 섹스를 하기도 했다.

　제임스는 그 시절 이야기를 늘어놓았지만 유진은 들은 척도 하지 않고 금방 불을 붙인 담배만 빨아댔다.

"왜, 재미없을 것 같아?"

제임스가 슬쩍 물었지만 유진은 여전히 말이 없었다.

"근데 유진, 너 많이 차분해졌다. 복장도 그렇고. 뭔가 분위기가."
"제임스."

유진은 제임스의 말을 차갑고 단호하게 끊었다.

"나 시차 때문에도 피곤하고 일주일 동안 떡도 한번 못 쳤어. 뭔 말인 줄 알아?"
"닥치고 가자고?"
"응."

유진은 고개를 돌렸다. 창문을 내리고 담배 연기를 내뿜으며 밖을 내다보았다.
공항 주차장을 빠져나오는 길 멀리 운동선수로 짐작되는 근육 덩어리에게 시선이 향했다. 갑자기 유진의 페니스가 단단해졌다. 유진은 고개를 갸웃하며 '난 게이가 아닌데' 생각했다. 수감시절 이쁘장하게 생긴 베트남 인메이트의 엉덩이에 대고 욕구를 푼 적은 있어도, 그는 자신이 게이가 아님은 확신했다.
자신이 전생에 저런 근육맨들에게 다리를 벌려주던 창녀였을지도 모르겠다는 생각이 들자 웃음이 났다. 괜히 멈출 수 없을 정도로 웃음이 나와 킬킬거렸다. 마침 그 근육 덩어리 옆을 지나다 눈이 마주친 유진은 그에게 가운뎃손가락을 들어 보이며 더 크게 웃었다.

제임스는 영문도 모른 체 미소를 띠며 중얼거렸다.

"변한 게 없네. 미친놈."

―

유진이 문득 물었다. '너 채린이 만나러 왔냐?'

그 순간 번쩍하고 에이브는 잠에서 깼다.

에이브는 창문을 통해 칙칙한 도로 위를 빼곡히 채운 자동차들을 바라보았다. 아직 택시 뒷자리였다. 유진이 꿈속에서 던진 질문에 소름이 돋을 정도로 긴장했다.

그래. 어쩌면 유진이도 채린이한테 생각이 미쳤을 수도 있어. 그런데 왜 오는 내내 한 번도 내색을 안 했지? 정말로 잊고 지내는 건가?

에이브는 고개를 내저었다. 아니야, 한국에 왔는데 당연히 그녀 생각이 나겠지. 그러면서도 모른 척 잘 지낼만한 새끼잖아.

에이브는 손가락으로 톡톡 자신의 다리를 두드렸다.

만약 그녀에게 또 끔찍한 짓을 하려고 하면 어쩌지? 이번엔 내가 채린이를 지켜줘야 할 텐데. 그럴 수 있을까?

그녀, 채린이를 만나는 것이 에이브가 한국에 온 목표였다. 이채린은 에이브가 정말 사랑했던 여자였다. 아직도 그녀를 잊지 못한다. 가끔 공통 친구인 정연이의 페이스북을 통해 채린이의 요즘 모습을 훔쳐보곤 했다.

그녀에게 만나 해줄 말이 있다. 난 유진의 편이 아닌 니편이라고. 미안했다고.

채린이에게 몹쓸 짓을 한 유진을 미워할 수도 좋아할 수도 없는 게 에이브의 심정이었다. 하지만 절대로 또다시 그녀를 다치게 하긴 싫었다.

유진의 광폭한 모습이 떠오르자 에이브의 몸이 부르르 떨렸다. 잠깐 생각하는 것만으로도 겁이 날 정도로 놈은 섬뜩한 구석이 있었다. 혹시 유진이 정연이를 통해 채린이의 한국 주소를 알아냈을까? 제발. 아니겠지? 시간이 별로 없다.

'청담동 130-2로 와.'

제임스의 목소리가 귀에 들리는 듯했다.

유진은 청담동으로 가는 내내 텅 빈 눈으로 창밖을 내다보고 있었다. 제임스는 여전히 그의 눈치를 보고.

"제임스."

유진은 한쪽 눈썹을 추켜 올리고는 제임스를 돌아보았다.

"게네들이랑은 연락하냐?"
"게네가 누구야?"
"상우, 정연이, 창훈이… 채린이. 뭐 그런 애들."

제임스는 대답 대신 담배를 꺼내 물며 유진한테 물었다.

"담배 한 대 줘?"
"아니. 연락하냐니까?"
"아니. 왜?"
"이유는 묻지 마."
"야. 그 일은 그만 잊어. 뭐 좋은 기억이라고."

제임스는 깊은 한숨을 내쉬었다. 혹시 자신의 말투가 유진에게 거슬리지는 않았는지 걱정하던 그가 말을 이었다.

"또 지난 일이고 서로 봐서 스트레스만 받지, 걔네 얘기 해서 좋을 게 없을……."
"연락처."

유진은 칼같이 제임스의 말끝을 잘랐다. 그리고 제임스가 그들의 연락처를 가지고 있음을 확신한다는 듯이 눈을 치켜떴다.

"채린이 연락처 줘봐."
"아니 무슨 연락처를…… 야, 상식적으로 생각을 해봐. 그년이 나랑 연락하겠어? 다시 한 번 먹어달라고 했을 까봐?"
"새끼가. 말조심 안 해?"
"미안"

침묵이 이어졌다. 차 안으로 세어 들어오던 축축한 바람 소리도 모두 증발해 버렸다.
제임스가 말을 쏟아냈다.

"야, 유진아. 너 그냥 여기서 새 출발 해. 우리 아빠한테
물어보면 너 적성에 맞는 일자리도 구할 수 있을 거야.
아니면, 너 예전에 마약 팔 때도 실력 쩔었잖아. 맞아.
너의 실적을 따라올 수 있는 애가 없었지. 특히 한국새
끼 중에 엑스터시를 천 개 단위로 움직인 고삐리는 너
밖에 없을걸?"
"그야 같이 사는 바나나 년이 딜러였으니까 가능했던
얘기고……."

유진은 동상같이 앉아있었다. 차 안에는 시간이 멈춘 마냥 꽤 오랜 시간 조용했다. 한번 말을 꺼낸 이상 유진이 포기하지 않을 것음을 아는 제임스가 느릿느릿 입을 열었다.

"채린이가 창훈이랑은 그래도 풀고 연락하고 지낸다더
라. 둘이 꽤 분위기 좋은 것 같던데?"
"뭐? 니미, 시발. 풀긴 뭐를 풀어?"

여태 차분했던 유진이 흥분했다.

"누구한테 들은 거야?"
"창훈이는 가끔 연락돼. 전화번호는 없어! 그냥 가끔 페
이스북으로 연락해."
"시발. 그 새끼 죗값까지 억울하게 내가 뒤집어썼는데.
그 씹새끼 도대체 뭔 개소릴 하고 다니는 거야?"
"나도 몰라. 채린이랑 둘이 요즘 봉사활동 다니고 그런
다던데. 표창장 같은 것도 받고 그런다 하더라고."

"봉사활동? 표창장? 걸레 같은 년이 무슨. 채린이 그년
도 까놓고 말해서 애초부터 지가 좋아서 약 처먹고는
우리가 강제로 약 먹였다고 그랬잖아? 그래놓고 우리
가 지를 강간했다고? 아무리 법이 좆같다고 이건 시발
아니지!"

유진은 화를 이기지 못하고 자기 허벅지를 주먹으로 마구 내려쳤다.

"나는 몇 년을 빵에서 살다 나왔는데, 지들끼리 짝짜꿍
잘들 놀고 있었나 보네. 쌍."

차가웠던 차 안의 분위기가 분노로 끓기 시작했다. 말 많던 제임스는 아예 입을 닫아버렸다. 유진이 화를 내면 그래야 하니까. 창문 틈새로 비집고 들어오는 바람 소리만 겁 없이 계속 떠들어댔다.

—

제임스의 집은 근사했다. 청담동에 위치한 고급 주택. 하지만 유진은 집에 별 관심이 없었다.
　　집에 들어서자 제임스의 남동생이 거실에서 핸드폰을 만지작거리다 유진에게 인사를 했다.

"형님 오랜만이에요!"
"어. 브라이언?"
"기억해 주시는군요! 영광이에요!"

"뭘 영광까지야."

유진은, 고등학교 시절 같은 사립학교의 중학생 반에 다니던 꼬마 브라이언을 생생히 기억하고 있었다. 담배를 사달라고 조르던 일도 종종 있었지.

"뭐 하고 지내?"
"저 한국 와서 공부 열심히 하고 있어요."
"오, 그래? 니 형 따라 백수 양아치가 될 줄 알았는데. 잘 됐구나."
"예, 꼭 좋은 대학교 들어가고 싶어요. 아니 무조건 그렇게 하고 말 거에요."

브라이언은 부끄러운 미소를 보였다.

"그냥 하는 데까지 해봐. 큰 희망이란 무시무시하고 해로울 수 있거든. 가끔은 사람을 둔해지게 할 정도로 말이야."

유진이 근거 없는 장광설을 늘어놓자, 제임스는 괜히 브라이언에게 화를 냈다.

"야 인마, 넌 방에 들어가 있어, 먼 길 온 형 피곤하게 하지 말고."

어릴 땐 말끝마다 대들었던 브라이언도 이젠 제법 제 형 말을 잘 들어주었다.

"형들 재미있는 시간 보내세요."

브라이언이 방에 들어갔다. 거실에 들어서니 구석에 한 남자가 앉아있었다. 에이브였다.

"옛날 집에 갔다 온다면서? 벌써 갔다 온 거야?"

유진이 물었다.

"응."

에이브는 뒤늦은 깨달음 뒤 곧장 발길을 돌렸다. 채린이를 찾는 것보다도 유진을 감시하는 것이 더 급하다는 사실을. 그게 채린을 위해 더 시급한 일이다.

"오늘 신나게 놀아보자!"

제임스는 에이브를 미소로 반겨주었다. 그리고 부엌에서 들고 나온 캔 맥주를 유진과 에이브에게 건네주었다. 그들은 소파에 나란히 앉아 캔 맥주를 땄다. 유진은 벌컥벌컥 차가운 맥주를 목으로 넘겼다. 맥주를 한참 마신 유진이 명령하듯 말했다.

"제임스. 오늘은 뭐하고 놀 거냐?"
"하얏트 밑에 나이트클럽이 있어. 네가 원한다면야 오

랜만에 원하는 여자들 마음껏 맛보도록 이 형님이 전격 후원해줄게."

제임스는 에이브를 보며 물어봤다.

"에이브 너는 어떻게 할래? 같이 갈래?"
"아니, 됐어. 재미없을 것 같아. 그냥 조용히 술이나 한 잔하면서 노는 게 낫지 않을까?"
"왜 순수한 척이야? 벌써 새벽이니 조금 있다 가서 놀다 보면 꽐라 된 년들로 득실득실할 거야. 형만 잘 따라다니라고."
"난 혼전 순결주의자라고."
"무슨 소리야. 너 초등학교 때 아다 땐 건 다 헛소문인가?"

제임스가 장난기로 가득한 목소리로 말하자 둘의 대화를 듣던 유진이 껄껄대며 웃었다. 실제로 한때 그런 소문이 돌긴 했다. 이복 누나 크리스틴에게 어릴 적 순결을 잃었다는 소문.
　　에이브는 고개를 젖혀 남은 맥주를 들이켰다.

"니네는 클럽 가서 놀다 와. 난 그동안 호텔 방에서 쉬고 있지 뭐."
"그럴까?"

제임스는 살짝 실망한듯했다.

"오늘이 어디 보자… 토요일이지? 오케이. 난 이제 출근해야겠다. 맥주 한두 잔만 더하고 가자. 이쁜이들도 내가 문자 넣어둘게."

제임스가 핸드폰을 만지작거리는 사이 유진은 냉장고로 향했다. 그는 맥주를 더 꺼내며 제임스에게 명령조로 말했다.

"창훈이도 불러."

창훈이라는 이름에 제임스의 동작이 멎었다. 에이브도 얼어 붙어버렸다. 또다시 범상치 않은 정적이 흘렀다.
    역시 유진을 감시하러 오길 잘했다는 안도감은 파도같이 몰려온 공포에 금방 사라졌다. 에이브는 애써 목소리가 안 떨리도록 힘주어 물었다.

"창훈이? 개는 왜?"

에이브의 질문은 유진의 귓등을 타고 내린듯했다. 그는 에이브는 신경도 쓰지 않고 제임스를 다그쳤다.

"내 말 안 들려? 얼른 불러."
"그, 그래. 나올는지는 모르겠지만, 연락은 해볼게."

제임스가 창훈에게 문자를 남긴 뒤, 유진은 맥주를 따서 제임스에게 건네주었다. 캔맥주를 몇 잔 더하며 제임스에게 야한 얘기를 줄줄이 했다. 술이 들어가서인지 둘은 야한 얘기를 나누며 호기롭게 웃었다.

에이브는 마음이 바빠졌다. 유진도 채린을 만날 작정인가 보다. 녀석보다 먼저 채린을 만나야 한다. 애초부터 녀석의 머릿속엔 송채린이 있었나 보다. 물론 나와는 다른 이유로.

―

깜짝하는 사이 밤이 찾아왔다. 셋은 집에서 나와 택시를 타고 클럽에 도착했다. 집에 있으려고 했던 에비브는 유진을 계속 감시하기 위해 결국 따라나섰다.
 이미 맥주를 안주 삼아 조니워커 블루를 실컷 마신 그들은 만취하기 일보 직전이었다. 제임스는 차에서 유진에게 받은 알약을 꿀꺽 삼킨 뒤 실실 쪼개며 클럽으로 성큼성큼 걸어 들어섰다.

"카운터에 가서 내 이름 말하면 돼. 이미 다 얘기는 해
두었으니. 1308호야. 클럽에 가기 싫으면 먼저 올라가
있어. 난 클럽에 잠깐 들렀다 갈게. 볼 애들도 있고."

제임스는 클럽에 들어가고, 긴 팔 티에 청바지를 입고 있던 유진은 소매를 올리곤 호텔 입구를 향해 걸었다. 에이브도 그를 따라갔다.
 길에서 담배를 피우던 여자들에게 담배를 빌려 불을 붙일 때였다. 뒤에서 누군가 말을 걸었다.

"오랜만이에요."

창훈이였다. 준수한 외모에 깔끔한 입성. 제임스와는 상반되는

모범생 이미지를 하고 있었다. 유진은 뒤돌아 그를 매섭게 보고는 묵묵부답이었다. 그 모습에 창훈이는 처음엔 무서운 듯이 어쩔 줄 몰라 하다가 용기 내서 말했다.

"형, 저도 이제 내일모레 서른이에요. 옛날 형들 심부름꾼이 아니니 이젠 막 대하시진 말아 주세요. 부탁합니다."

유진은 딴청 하며 담배를 뻑뻑 피우다가 꽁초를 튕겨 던졌다.

"당연하지, 창훈아. 우리 편의점에서 맥주나 한잔 할까?"
"좋아요."

그들은 조용한 길목으로 향했다. 시끄러운 클럽 음악 소리가 거의 사라질 때쯤까지 걷자 편의점 하나가 보였다. 그곳에서 함께 병맥주를 사서 근처 공원에서 가 마시기 시작했다.

몇 모금도 안마셨는데 창훈이는 얼굴이 확 빨개졌다. 녀석은 원래 술이 약했다.

"넌 뭐 하고 지내?" 에이브가 물었다.
"저 그림 그려요. 왜 예전부터 항상 그림 그리는 거 좋아했잖아요. 학교 다닐 땐 형들이 점심시간에 제 그림 위에 낙서도 많이 하고 침도 뱉고 그랬었는데. 다음에 기회가 되신다면 제 스튜디오로 한번 놀러 오세요."
"그랬었나. 괜히 미안하네."
"그래도 형님께서 다른 형들이 낙서하면 혼내주셔서 형에게는 항상 감사했었어요. 저 요즘 돈도 꽤 벌고 방

송사에서도 제 그림이 자주 소개되어 사람들도 꽤 알
아봐줘요. 다음에 시간 되실 때 제 스튜디오로 꼭 한번
놀러 오세요."

에이브는 피식 웃었다.

"그랬나? 난 옛날 일들이 요즘 가물가물해서 원. 그나
저나 얼굴색도 많이 밝아진 게 보기 좋구나."
"형도 예전 그대로신데요 뭘. 문신은 더 하셨나 봐요. 예
전에는 팔에 무슨 화살 무늬 하나밖에 없지 않았나요?"
"화살?"

유진은 소매를 좀 더 올려 다른 문신들 밑에 가려진 화살문신을
찾아보려 하는 듯했다.

"말했잖아. 이젠 어제 일도 기억이 안 난다니까. 감옥에
서는 약해 보이지 않으려면 갱단에 들어가서 이렇게
문신하는 수밖에는 없어. 이젠 싹 다 지워버려야지. 그
래도 아마 이것들이라도 없었으면 강간당하기 일쑤였
을 거야."

유진은 미소를 짓고는 창훈을 쳐다봤다.

"마치 채린이가 너한테 당한 것처럼 말이야. 그렇지?"

당황한 창훈은 맥주를 내려놓았다. 테이블을 박차고 어디라도

도망가고 싶어 하는 것 같이 보였다. 유진은 그 표정이 정말 꼴 보기 싫었다.

"아직 채린이하고 연락한다며? 그 씨발년 연락처 좀 줘봐."

창훈은 대답을 망설이다가 인상을 찌푸리며 말했다.

"형은 나한테 그럴 말 할 자격 없어요. 저는 그 아이가 힘들어하는 꼴 다신 못 보겠으니 제발 흔들지 말아 주세요. 채린이도 겨우 버티고 있어요. 걔 때문에 한국 오신 거면 돌아가셨으면 해요."
"미친 새끼. 니가 걔 애인이라도 되냐?"

창훈이는 꿀 먹은 벙어리처럼 어쩔 줄 몰라 했다. 그의 표정을 유심히 살피던 유진은 분노하기 시작했다.

"뭐야 시발. 진짜 사귀는 거야? 내가 채린이랑 연애할 때 만난 주제에. 정신 차려 이 새끼야, 채린이는 내 여자야."
"도대체 언제 적 얘기를 하시는 거예요? 우린 이제 고등학생이 아니라고요!"

창훈이 언성을 높임과 동시에 유진은 테이블을 발로 걷어찼다. 테이블이 넘어지면서 술이 다 쏟아졌다.
창훈이 도망가려고 했지만 유진은 재빨리 다가가 창훈의 머리채를 잡았다. 그리고 바닥에 뒹굴던 맥주병을 잡아 거칠게 그의 면상을 내리쳤다.

"유진아! 이게 무슨 짓이야! 너 미쳤어?"

놀란 에이브가 막으려 나섰지만 유진이 그를 돌아보자 굳어버렸다.

"까불면 너도 죽여 버린다."

이런 경험이 더러 있던 에이브는 가만히 있는 것이 상황을 일찍 정리하는 데에 그나마 낫다는 걸 알고 있었다.

"야 이 개새끼야."

유진은 피가 줄줄 흐르는 창훈의 목덜미를 잡고 근처 화장실로 끌고 갔다. 끌려가는 창훈이 발버둥 치며 주먹을 휘두르고 유진을 마구 쳤지만, 유진은 아예 고통을 못 느끼는 사람처럼 꿈쩍도 하지 않았다.

"이제 채린이 좀 내버려두라고!"

창훈이가 목이 찢어져라 소리쳤다. 유진이 어이없다는 표정으로 반박했다.

"그게 남의 애인을 강간하고 뺏은 새끼가 할 소리야?"

유진은 창훈의 얼굴과 배를 마구 걷어차고 짓밟았다. 한참 동안 무자비한 폭행이 이어졌다. 그러다 문득 유진이 동작을 멈추었다.

아차, 이제 폭력은 안 사용하기로 했지. 그는 허공을 바라보고는 잠시 생각이 멈췄다. 바람이 꽤 찼다.

피투성이가 된 창훈은 조용히 눈물을 흘렸다. 지켜보던 에이브도 어떻게 할 줄 몰랐다. 처음에는 창훈이를 구해주고 싶었지만 창훈이가 채린이하고 특별한 관계라는 사실을 알고는 마음이 달라졌다.

"형. 살려주세요."

죽도록 맞은 창훈은 그 이상 할 말도, 말할 힘도 없어 보였다. 유진은 차갑게 창훈을 응시하며 말했다.

"연락처."

―

다음날 에이브는 호텔 스위트룸 거실에서 눈을 떴다. 어린아이가 죽는 꿈처럼 불쾌한 꿈을 꾸었다. 그는 술기운을 떨치고, 어젯밤 일들을 떠올리려고 노력했다.

유진을 따라 여기로 왔었지. 엑스터시에 취한 제임스가 땀을 뻘뻘 흘리며 여자들을 끼고 놀고 있었지. 해가 뜰 때까지 유진과 헛소리를 지껄이며 술을 진탕 마셨지.

그래서, 창훈이는 어떻게 되었더라? 유진에게 곤죽이 되도록 맞았잖아. 술을 너무 마셨나 봐. 기억이 정확히 안 나.

에이브는 힘들게 쥐어짜려고 노력했지만 헛수고였다. 그

의 눈앞에 유진의 옷가지가 보였다.

"유진! 야, 유진! 어디 있어?"

이상하게 텅텅 빈 호텔 거실에는 술병만 잔뜩 굴러다녔다. 에이브는 의아한 표정으로 계속 어제 있었던 일들을 생각해내려고 애썼다.

일단 소변이 급했다. 화장실에서 소변을 보는 도중에 바닥에 버려진 콘돔을 발견했다. 잠시 지워졌던 어젯밤의 또 다른 기억이 떠올랐다.

어제 거실에서 유진과 둘이 한잔하는 사이 제임스는 방에 들어가 네 명의 여자들과 킹사이즈 베드에서 실컷 즐겼다. 제임스는 수시로 그녀들에게 현금을 뿌려댔다. 이십 대 초반으로 보이는 여자 역시 깔깔대며 악착같이 밤을 즐기고 있었다. 약에 취한 여자들은 알몸으로 날뛰었다. 가쁜 숨소리가 밤새 이어져서 민망할 정도였다. 특히 여성 상위체위로 격렬하게 움직이던 여자의 모습이 선명했다. 긴 머리채와 탐스러운 가슴이 거칠게 흔들리는 모습…… 어제 비행기에서 본 승무원을 닮은 것 같기도 했다.

볼일을 본 에이브는 방으로 향했다. 문을 두드렸지만, 대답이 없었다. 창밖을 보니 이미 늦은 저녁인 듯했다. 그냥 문을 열고 들어갔다. 문을 열고 한참을 서 있던 에이브의 입에서 욕이 흘러나왔다.

"유진, 이 미친 새끼!"

방바닥은 깨진 병들로 가득했고 다섯 명의 차가운 육체가 침대 위에 엉켜져 있었다. 제임스도, 비행기에서 봤던 승무원과 꼭 닮은 여자도 모두 피범벅으로 죽어 있었다.

그 순간, 피떡이 된 창훈의 입에서 나지막하게 흘러나왔던 주소가 에이브의 머리를 스쳐 지나갔다. '압구정동 구 현대아파트. 81동 XXXX호.' 창훈이의 생사는 궁금하지도 않았다. 지금쯤 유진이 어디에 있을지는 뻔했다.

에이브는 방에서 뛰쳐나가 전력 질주로 달리기 시작했다.

―

일요일 밤 현대아파트 11층에서 내려다본 압구정 거리는 스산했다. 영업을 하는 가게들이 별로 없어서 평일 밤이면 반짝이던 네온사인도 눈을 감고, 차갑고 거센 비바람과 함께 시끄러운 천둥번개까지 가세한 밤이었다.

채린은 식은땀을 흘리며 아파트 주차장을 내려다보고 있었다. 창훈의 차가 도착하기를 손꼽아 기다리면서.

창훈과 함께 지내기로 한 날인데, 전날부터 연락이 안 되어 보통 걱정이 아니었다. 전화와 문자 합쳐서 거의 백 통 가까이 했는데 한 마디 답장도 듣지 못했다. 그녀는 핸드폰을 손에서 내려놓지 못했다.

어젯밤 늦게 스튜디오에 가서 작업한다고 했는데 왜 여태 오지 않는 걸까? 안 되겠어. 스튜디오로 가봐야겠어.

우비를 챙겨 입은 그녀가 집을 나설 때였다. 밖에서 비밀번호를 찍는 소리가 났다. 반가운 마음에 그녀는 문을 활짝 열었다.

"창훈아, 왜 이렇게 늦었어! 보고 싶어 죽는 줄 알았잖아!"

현관문이 열림과 동시에 그녀는 우산을 떨어뜨리고 말았다. 얼굴에 가득하던 웃음기도 한순간에 사라졌다. 그녀가 싸늘한 목소리로 물었다.

"여길 어떻게 알고 왔어?"

헉헉대며 숨을 고르던 에이브는 대답 대신 안부를 물었다.

"어디 다친 데는 없지? 얼마나 걱정했다고. 보고 싶었어."

그리고는 그녀를 와락 안아버렸다. 채린은 그를 밀치며 소리 질렀다.

"나 너 볼 일 없어. 당장 나가, 경찰 부르기 전에."

그녀의 차가운 반응에 에이브는 한참 동안 멀뚱히 서 있었다.

"나한테 왜 이래? 지난 14년. 오로지 너에게 잘못한 일만 반성하면서 지냈어. 니가 날 이제 더 이상 사랑하지 않아도 이해할게. 그냥 잠시만 이렇게 너와 대화하게 해줘."

에이브는 갑자기 눈물을 줄줄 흘리며 무릎을 꿇었다. 채린은 무표정하게 그를 내려다보았다. 그의 눈에서 진심이 보이는 것 같기도 했다.

"너를 잊고 지낸 지 10년이 훨씬 넘었어. 사랑? 이제 흔적도 없어. 그나저나 너 이 집은 어떻게 알았어?"
"창훈이한테 들었어."
"창훈씨는 지금 어디 있는데?"

죽도록 사랑하는 그녀가 자기보다 창훈을 기다렸다는 사실은 안 에이브의 마음은 쥐가 난 듯 고통스럽게 조여들었다.

"그놈의 창훈이. 내가 없는 사이 널 지켜준 건 고맙지만, 이제 내가 왔으니까 창훈이는 필요 없잖아. 이젠 내가 널 지켜줄게."
"무슨 미친 소리야. 나 지켜줄 필요 없어. 아니, 절대 싫어. 이제 너 같은 양아치들 딱 질색이야. 창훈씨는 사회적으로도 인정받고 성공한 사람이야. 난 남은 인생 그이와 행복하게 지낼 거니까 질척대지 말고 내 인생에서 제발 꺼져줘."

에이브는 마치 어린아이마냥 엉엉 울기 시작했다.

"왜 울고 지랄이야 갑자기! 빨리 당장 말하기나 해. 창훈씨는 어디 있냐고"

채린의 고함소리에 에이브는 울음을 그치고 불쌍하게 중얼거렸다.

"나도 몰라. 어젯밤에 사라졌어. 창훈이 새끼도 옛날엔 내가 참 잘해줬는데. 하지만 그렇게까지 슬퍼할 일은 아니잖아. 결국엔 창훈이고 제임스고 전부 다 나쁜 새끼들 아냐? 어쩌면 유진이가 잘한 걸 수도 있어."

채린이가 눈물을 글썽이며 소리쳤다.

"이런 미친 새끼야, 니가 제일 나쁜 놈이야! 이 짐승 같은 새끼."

그러고는 에이브의 따귀를 휘갈겼다.

"왜 그래 채린아……"

에이브의 눈에 다시 눈물이 맺혔다. 14년 전, 그녀를 지켜주지 못했을 때를 떠올렸다.

제일 나쁜 새끼는 유진이었다. 제임스와 창훈 둘 다 유진의 강요와 폭력을 이기지 못하고 채린이를 강간했던 것이다. 에이브의 가슴에는 녹슨 쇠못이 박혔다. 일이 끝나고 알몸으로 쓰러진 채 맥없이 꿈틀거리던 채린이의 눈동자를 떠올릴 때마다 아픔이 고스란히 재현되었다. 주동자인 유진은 물론이고 에이브까지 옥살이를 해야 했지만 그것으로 죄책감이 사라진 것은 아니었다.

아, 옛날 생각 하고 있을 때가 아니다. 유진 녀석이 이곳으로 오고 있을 거야. 에이브는 간절하게 채린이의 손을 잡았다.

"시간이 없어. 나가자. 유진이 널 죽이러 올 거야."
"유진? 그 새낀 도대체 누구야?"

"널 그 꼴로 만들었던 그 새끼 잊었어? 유진이가 널 만나려고 별짓을 다한 모양이더라고. 나랑 같이 한국에 왔는데 아마 너에게 복수를 하려고 온 모양이야. 제임스가 재수 없다며 죽여 버리고 싶다는 얘기도 한두 번이 아니었는데. 결국 창훈이를 통해 니 번호 얻고, 창훈이랑 제임스 둘 다 죽여 버렸나 봐."

꿇어앉아 있던 에이브가 일어섰다.

"하지만 너만은 내가 지켜줄게"

채린은 한참이나 정신 나간 사람처럼 입을 벌리고 서 있었다.

"서, 설마…"
"응. 이제 생각나니? 그 유진이야! 제임스랑 창훈이 둘 다 죽인 모양이더라고. 내 브라더 같은 놈이라서 지금까진 차마 버리지 못했지만, 난 확실히 결정했어. 놈과는 끝이야. 이제 그 새낀 내 인생에서 없어. 시간이 없어 빨리 도망가야 해."

채린은 얼굴이 하얗게 질렸다. 에이브는 나지막하게 사진 한 장을 꺼내 들었다. 어린애 사진이었다. 이름은 소망이. 에이브는 아들 사진을 보며 흐뭇하게 미소 지었다. 울다가 웃자니 뒷골이 띵 소리를 냈다. 그는 채린에게 사진을 보여줬다.

"우리 아들 보고 싶다 그치……"

채린이 그를 문밖으로 밀쳤다.

"꺼져. 나 지금 경찰 부를 거야."
"너…… 변했구나. 사람이 어떻게 이럴 수가 있어?"

에이브의 분노가 인내심의 한계를 넘어섰다. 그때 모자를 푹 눌러 쓴 사람이 현관문을 열고 들어오더니 에이브를 집안으로 밀쳤다.
남자는 채린에게 소리쳤다.

"경찰을 부른다고? 그 더러운 입으로 더 이상 말 못하게 턱주가리를 비틀어 버릴 테니 어디 그 뒤에 경찰이든 남친이든 잘 불러보라고."

유진이였다. 에이브가 막으려 하자 그는 단숨에 에이브를 자빠뜨렸다.

"저 갈보년이 하는 말, 듣고만 있을 거야?"

아까부터 대화를 듣고 있었는지 유진은 흥분한 목소리로 씩씩거리고 있었다. 그는 전화기를 꺼내 든 채린의 멱살을 잡고 벽으로 밀쳤다. 채린은 핸드폰을 놓치고 말았다.

"니 년이 소망이 죽인 건 생각도 안하지? 그리고는 에이브에게 나쁜 새끼라고? 이 걸레 같은 년이 내 브라더를 우습게 알아?"

유진은 채린을 집어 던졌다.

"니가 그러고도 엄마야? 망할 년. 난 소망이가 아직도 꿈에 나와. 나쁜 엄마 죽여달라고 하면서 말이야! 집에 골 빈 연놈들 불러서 담배랑 대마초를 얼마나 피워 댔으면 아기가 숨을 못 쉬어 죽어…… 니미, 씨발. 그렇게 죽었을 소망이만 생각하면……"

유진의 눈에서도 눈물이 핑 도는 듯했다.

"미친 새끼. 너…… 완전 정신 나갔구나"

내팽개쳐졌던 채린이가 콜록대며 몸을 일으켰다.

"소망이 죽은 날도 집에서 제일 처음 담뱃불 켠 사람이 너였다고!"
"이 씨발 년이 끝까지 나를 나쁜 사람 만들려고 하네. 정신을 덜 차렸구먼?"

유진은 주먹을 불끈 쥐고선 그녀의 복부와 얼굴에 주먹을 꽂아 넣었다. 채린이 바닥에 뒹굴자 머리채를 잡고서는 부엌으로 끌고 갔다. 테이블에 그녀의 머리를 처박으며 소리를 질렀다.

"내가 10년 넘게 썩으면서 이 순간만을 기다렸어 이 개 같은 년아! 앞으로 절대 까불지 못하게 해주겠어."

유진이 그녀의 아랫도리를 벗기려고 하자 채린이 마지막 힘을 다해 발버둥을 치며 그의 얼굴을 할퀴고 걷어찼다. 목을 스친 손톱은 꽤나 깊은 상처를 냈다. 손으로 목을 더듬어 피를 확인한 유진은 화가 머리끝까지 났다.

그는 계속해서 채린의 얼굴을 테이블에 처박아 댔다. 주변으로 피가 툭툭 튀었다. 에이브는 어떻게 할지 몰랐다. 말리고 싶지만 왠지 내 편인 것도 같은 유진을 때리기도 뭐했다. 에이브가 유진의 어깨에 손을 올렸다.

"마이 브라더. 이제 그만하자."

흥분했던 유진이 잠시 멈추었다.

"좆밥 새끼가. 브라더 같은 소리 집어치우고 그냥 짜져 있어. 이년은 널 눈곱만큼도 사랑하지도 않는데. 착한 연기 그만하라고. 얼빠진 새끼."
"그래도 그만하자. 그녀는 날 안 사랑할지 몰라도, 난 그녀를 사랑해. 내 얼굴을 봐서라도 멈춰 이제."

에이브는 유진에게 명령하는 자기 자신이 낯설었다.

"뭘 니 얼굴을 봐 이 병신새끼야. 다 필요 없어. 이년 몹쓸 버릇을 고쳐 주고 말 거야."

정신없이 얻어맞은 채린의 눈에서 생기가 빠져나갔다. 마치 14년 전에 그때처럼 텅 비어버렸다. 그녀도 죽은 걸까?

"그만하라고 새끼야!"

에이브가 온 힘을 다해 유진을 밀쳤고, 거센 파도에도 안 쓰러질 것 같던 유진도 자빠져 뒹굴었다. 잽싸게 그의 몸 위에 올라간 에이브는 사정없이 그를 내리쳤다. 골리앗과 겨루는 다윗의 심정으로.

둘은 서로의 목을 조르며 온 힘을 다해 싸웠다. 유진의 목을 조르는 에이브의 팔이 부들부들 떨렸다.

"죽어! 죽어 이 새끼야! 이제 지긋지긋하다고! 제발 죽어! 죽어……"

에이브의 팔뚝에 굵어진 핏줄과 함께 흐릿했던 화살문신이 선명하게 튀어나왔다. 그의 눈에 핏발이 엉키는 사이 일요일의 마지막 1초가 지나갔다.

―

이런저런 생각에 깊이 빠져있던 구형사는 쿵쾅거리는 소리가 나자 뒤를 돌아봤다. 신입 조형사가 그를 쫓아 나오다 계단에서 넘어진 것이다. 그 꼴을 본 구형사는 담배에 불을 붙이며 그를 나무랐다.

"조심 좀 해라, 인마. 첨엔 유학까지 갔다 왔다길래 좋게 봤드만 고문관이 따로 없네."

얼굴이 벌개진 조형사가 머리를 긁적이며 몸을 일으켰다.

"죄송합니다."
"저녁 안 먹었재? 뭐 먹을래?"
"전 아무거나 괜찮습니다."
"이 자식은 만날 아무거나래. 너 설렁탕 좋아하냐?"
"설농탕 말씀입니까? 전 좋습니다."
"미국 촌놈이 못 먹는 건 또 없어. 저 앞에 가서 설렁탕
  에 소주나 한잔하자."

영등포서에서 오래 근무했던 구형사가 강남경찰서로 온 지는 1년이 채 안 되었다. 주소와 근무지를 모두 옮긴 건 미선 때문이었다. 그녀가 과거의 삶을 떠올릴 만한 계기를 최소한으로 줄여 주기 위해 불편함을 감수하고 낯선 곳으로 왔다.

미선은 화장품 가게 점원 일자리를 얻었고 아들 지찬이는 전학을 와서 열심히 학교를 다녔다. 둘 다 새로운 삶을 살아내기 위해 노력 중이었다. 밝고 씩씩하게 살려고 애쓰는 모습을 볼 때마다 고맙고 대견했다.

구형사는 조형사를 데리고 아파트단지 밖으로 나갔다. 길을 건너려는데 신호등불이 막 바뀌어 도로 앞에 멈춰 섰다. 조형사가 물었다.

"브라더! 근데 참 특이한 사건 아닙니까? 이런 경우가
  종종 있습니까?"
"생각 좀하고 질문해라, 인마. 이런 사건을 언제 또 봤
  겠냐?"

신호등을 기다리던 구형사는 담배 연기를 길게 내뿜었다. 오늘 본 살인사건 현장의 참혹한 광경은 다른 사건들보다 더 오래 기억에 남을 것 같았다.

아파트 거실에서 남녀의 시체가 발견된 상황까지는 흔한 축에 속했다. 폭행 끝에 사망한 것으로 보이는 여자의 사체도 예전에 몇 번 봤던 살인사건 피해자의 유형이었다. 가해자의 분노의 흔적이 고스란히 반영되었달까. 보통 치정으로 인한 살인인 경우에 이런 유형이 흔하다.

그런데 남자의 경우가 문제였다. 그는 자기 목을 자기가 조른 상태로 죽어 있었다. 자기 손목을 긋거나 목을 매다는 경우는 봤지만, 자기 손으로 자기 목을 졸라 죽은 경우는 15년 형사 생활 동안 정말 처음이었다. 구형사는 혀를 끌끌 찼다.

> "그래도 그 에이브라는 놈, 얼굴은 편안해 보이더라. 신기하게. 자기가 자기 목을 조른다… 이게 가능이나 한 일일까?"

그러면서 구형사는 자기 목을 졸라보며 인상을 썼다. 조형사가 중얼거렸다.

> "죽을 때 편안해 보이는 사람은 천당에 간다고 하던데요."
> "그래? 편안한 표정으로 죽는 연습 해야겠네."

구형사는 신호등이 바뀌자마자 바쁘게 걸음을 옮겼다. 그는 아파트단지 맞은편의 오래된 상가 속에 파묻혀있는 설렁탕 식당으로 향했다.

"아는 설렁탕집이 있으신가 봐요?"
"나도 강남서에 온 지 얼마 안 돼서 이 동네 잘 몰라. 몇 달 전인가 사건 때문에 이 동네 왔다가 들렀던 집이야. 그냥 동네 설렁탕집인데 국물이 제법 그럴싸하더라."

그의 등에 대고 조형사가 물었다.

"브라더, 근데 고문관이 뭡니까?"
"너 같은 놈."
"저 같은 놈이요?"
"하늘 같은 선배님을 싸가지 없이 브라더라고 부르는 놈 말이야. 어이 춥다."

식당 문을 열자 구수한 설렁탕 냄새가 형사들을 반겨주었다. 문을 닫고 들어가는 그들의 등 뒤로 비가 내리기 시작했다.

작가의 말

제 책 중에서 〈압구정 소년들〉이라는 제목의 소설이 있습니다. 압구정동에서 학창시절을 보낸 경험을 녹여서 쓴 자전적 소설이었죠. 스릴러의 탈을 쓴 성장소설이랄까요? 그런데 이 책 〈영등포〉는 다릅니다. 동네 이름을 제목으로 삼긴 했지만 사실 제가 하루도 살아본 적이 없는 동네입니다. 또 다른 점이 있습니다. 〈압구정 소년들〉에 1990년대의 압구정동이 담겨있다면 〈영등포〉에는 바로 지금 현재, 2016년의 풍경이 있습니다.

영등포는 한강 이남에서 가장 먼저 서울시로 편입된 동네입니다. 국회의사당도 있고 아파트도 있고 공원도 극장도 방송국도 있지요. 그런데 막상 이 소설은 넓디넓은 영등포지역을 놔두고 특정한 골목 밖으로 나가지 않습니다. 어쩌면 몇 년 사이 역사의 그늘로 사라질 좁은 사창가 골목이 바로 이 소설의 무대입니다. 저는 왜 하필 불법적이며 쇠락한데다 누군가에게는 무섭고 불결하게 느껴질 그곳에 주목했을까요?

소설가의 관심이란 종종 이유 없이 시작되고 확장됩니다. 영등포 타임스퀘어에 놀러 갔다가 백화점 건물 바로 뒤에 사창가가 붙어 있다는 사실을 발견한 순간, 호기심의 씨앗이 심어졌던 것 같습니다. 처음에는 보면서도 믿어지지 않았습니다. 타임스퀘어는 우리나라에서 가장 큰 쇼핑몰입니다. 번영의 상징이자 시민들의 일상적 공간인 초대형 쇼핑몰과 존재 자체가 불법이자 시대착오적인 사창가 골목이 샴쌍둥이처럼 붙어있다?

　몇 년 동안 그 근처를 지날 때마다 묘한 괴리감이 나무처럼 쑥쑥 자랐습니다. 서울 곳곳에 있던 사창가 골목이 도심 재개발로 속속 사라져버린 상황이니, 거의 마지막으로 버티고 있는 저 골목도 곧 없어지겠거니 했던 제 생각도 매년 보기 좋게 빗나갔지요. 타임스퀘어가 생긴 지 5년이 넘었는데도 여전히 영등포 뒷골목에서는 밤마다 붉은 불이 켜지고 20년, 30년 전의 방식 그대로 성매매가 이루어집니다. 타임머신을 타고 수십 년 전으로 돌아간 착각을 불러일으키는 낡은 집집마다 질기디질긴 밤이 되풀이되는 것이지요.

　결국, 저는 그곳을 주인공으로 소설을 쓰기로 마음먹었습니다. 그곳이 사라지기 전에 책을 내고 싶었습니다. 네. 처음부터 이 소설의 주인공은 공간이었던 셈입니다. 그래서 제목도 영등포일 수밖에 없지요.

　누군가는 이 소설을 액션스릴러 장르로, 누군가는 로맨스로, 누군가는 사회파 소설로 읽겠지만 저는 그냥 재미있는 이야기를 쓰고 싶었을 뿐입니다. 서른 권 가까이 나와 있는 제 소설이 다 그렇듯이요. 감동과 주제의식을 느끼셨다면 그건 덤입니다.^^

　함께 붙어있는 짧은 소설 〈브라더〉는 조남우라는 이름의 청년이 쓴 이야기를 제가 함께 다듬어서 단편소설로 완성한 것입니다. 군데군데 엿보이는 거친 부분들은 패기의 흔적이라 여겨주시면 감사하겠습니다. 앞으로 종종 젊은 작가들과의 콜라보를 시도해 볼 생각입니다.

마지막으로 소설 〈영등포〉는 포털사이트 다음의 '7인의 작가전' 프로젝트로 연재되었던 작품임을 밝힙니다. 취재에 응해주신 영등포 골목의 사람들, 4달 동안 함께 해주신 독자, 그리고 스태프 여러분께 감사드립니다.

더 재미있는 이야기와 함께 돌아오겠습니다!

2016년 봄

영등포 타임스퀘어 메리어트호텔에서
이재익

7인의 작가전 : 영등포

발행일 : 초판 1쇄 발행 2016년 5월 30일

지은이 : 이재익 / 펴낸이 : 손정욱
마케팅 : 라혜정·홍슬기·박선경 / 관리 : 김윤미
디자인 : PL13

펴낸곳 : 도서출판 답
  출판등록 - 2015년 2월 25일 제 312-2015-000063호
  주소 - 서울시 마포구 포은로 56, 2층
  전화 - 02-324-8220 / 팩스 - 02-3141-4934

이 도서는 도서출판 답이 저작권자와의 계약에 따라 발행한
것이므로 도서의 내용을 이용하시려면 반드시 저자와 본사의
서면동의를 받아야 합니다.

이 도서의 국립중앙도서관 출판예정도서목록(CIP)은
서지정보유통지원시스템 홈페이지(http://seoji.nl.go.kr)와
국가자료공동목록시스템(http://www.nl.go.kr/kolisnet)에서
이용하실 수 있습니다. (CIP제어번호 : CIP2016011563)

ISBN 979-11-87229-02-5 03810

값 : 12,500원